W0005018

verlegt durch EGMONT Verlagsgesellschaften mbH,
Gertrudenstraße 30–36, 50667 Köln

Umschlaggestaltung: hilden_design
Lektorat: Peter Thannisch
Satz: Greiner & Reichel, Köln
Druck und Bindung: CPI – Ebner & Spiegel, Ulm
ISBN 978-3-505-12555-3

09 10 / 8 7 6 5 4 3 2 1

ALFRED BEKKER

Elbenkinder

Das Juwel der Elben

Inhalt

Ein Ungeheuer wird gezähmt

»Vorsicht, Daron!«

Sarwen sah das riesige Fledertier auf ihren Bruder zufliegen. Wenn es die ledrigen Flügel ausbreitete, war es so breit wie ein Haus. Scharfe Zähne blitzten in dem Maul des ansonsten vollkommen dunklen Geschöpfs auf. Die Arme waren mit den Flügeln verwachsen, während die Hinterbeine in kräftigen Krallenfüßen endeten.

Das Fledertier stieß einen Schrei aus, der so durchdringend war, dass Daron im ersten Moment glaubte, er würde taub. Elben haben ein sehr empfindliches Gehör, und Daron machte da keine Ausnahme: Der durchdringende, schrille Ruf des Fledertiers verursachte einen höllischen Schmerz in seinen Ohren.

Dann stieß das geflügelte Monstrum einen fauchenden, drohend klingenden Laut aus.

Daron warf sich zu Boden und rollte sich um die eigene Achse, sodass ihn die Krallen an den Hinterbeinen des Fledertiers verfehlten.

Ein wütender Laut und ein weiterer schriller Schrei waren zu hören – aber diesmal schmerzte es Daron nicht mehr in den spitz zulaufenden Ohren, die unter dem feinen dunklen Haar hervorschauten. Der Elbenjunge hatte seine magischen Kräfte angewandt und mit ihnen den schrillen Schrei gedämpft.

Das Fledertier flog davon, und Daron rappelte sich wieder auf.

Der Schmutz, durch den er sich gewälzt hatte, blieb an seinem mit Elbenseide durchwirkten Wams nicht haften.

Daron stand wieder auf beiden Beinen. Er umfasste mit der Rechten kurz den Griff des Dolchs, den er am Gürtel trug.

Seine Zwillingsschwester befand sich mehrere Schritte von ihm entfernt. Der Wind fuhr ihr durch das lange Haar, das ihr bis über die Schultern fiel. Auch bei ihr stahlen sich die spitzen Ohren immer wieder durch das feine Elbenhaar. Sarwen trug ein Kleid, das aus der gleichen Elbenseide gewebt war wie Darons Wams.

»Alles in Ordnung?«, fragte sie. Aber Sarwen sprach nicht laut. Es war nur ein intensiver Gedanke, doch der reichte völlig aus. Die beiden Elbenzwillinge waren so eng miteinander verbunden, dass sie oft die Gedanken des anderen verstehen konnten.

»Ja«, sagte Daron laut und setzte noch in Gedanken hinzu: *»Bis auf die Tatsache, dass dieses Riesenviech im Moment nicht auf uns hört!«*

Sarwen verstand auch diesen Gedanken. Die beiden Elbenkinder befanden sich mitten in der gebirgigen Wildnis von Hoch-Elbiana auf dem Kamm eines Höhenzugs. Von dort oben konnte man im Westen das Meer sehen. An der Küste lag Elbenhaven, die Hauptstadt des Elbenreichs von Elbiana. Im Osten erhoben sich schroffe Felsmassive und zum Teil schneebedeckte Gebirge. Ein zerklüftetes, unwegsames Land. Einer dieser Felsen hatte die Form eines Turms und wurde deswegen Elbenturm genannt.

Daron und Sarwen waren von Elbenhaven aus auf dem Rücken des Riesenfledertiers geflogen. Mit ihrer Magie hatten sie den Geist des Tiers gelenkt.

Doch auf einmal wollte ihnen das Monstrum nicht mehr gehorchen!

Ein ganzes Jahr versuchten sie bereits, das Riesenfledertier zu zähmen, das sie verletzt in einer Schlucht gefunden hatten. Elben waren berühmt für ihre Heilkunst, und auch wenn die Zwillinge natürlich keine ausgebildeten Elbenheiler waren, so verstanden sie doch genug davon, um ein Riesenfledertier mit gebrochenen Flügeln gesund zu pflegen.

Einen Namen hatten sie ihm auch gegeben. Rarax nannten sie das fliegende Ungetüm. Das war eigentlich der Name eines gezackten Felsen an der Küste nördlich von Elbenhaven. Der Schatten, den dieser Felsen warf, erinnerte nämlich an die ausgebreiteten Schwingen des Riesenfledertiers.

Rarax flog in einem weiten Bogen in Richtung des Elbenturms.

»Wir haben ihn verloren!«, vernahm der Elbenjunge Sarwens Gedanken.

Daron sah sie an, und seine Augen füllten sich dabei vollkommen mit Schwärze, sodass nichts Helles mehr darin zu sehen war. »Nicht, wenn wir unsere magischen Kräfte vereinen!«, meinte er.

Offenbar war Daron noch nicht bereit aufzugeben. Zu viel Mühe hatten sie in die Zähmung des Monstrums gesteckt. Erst hatten sie Rarax mühsam gefüttert und gepflegt, bis er wieder einigermaßen hergestellt war, und dann versucht, aus ihm ein Reittier zu machen, das seinen Besitzern ebenso treu folgte wie ein Elbenpferd.

Elbenpferde reagierten bereits auf die Gedanken ihrer Reiter – zumindest, wenn es sich dabei um Elben handelte. Diese Pferde brauchten keine Zügel und liefen niemals fort.

Genauso stellte sich Daron auch die Eigenschaften eines gezähmten Riesenfledertiers vor. Dessen Geist war zwar sehr viel schwerer zu lenken als der eines Elbenpferds, aber die magischen Fähigkeiten der beiden Zwillinge waren ja auch viel größer, als es bei den meisten anderen Elben der Fall war.

Daron sah also nicht ein, weshalb es nicht gelingen sollte, und auch Sarwen dachte, dass es eine feine Sache wäre, dieses Monstrum als treuen Diener zu gewinnen.

Während des großen Krieges hatten die Riesenfledertiere Katzenkrieger über das Meer getragen, um das Elbenreich anzugreifen. Nachdem Xaror, der Herr der Dunkelheit, besiegt war, irrten diese Geschöpfe nur noch ziellos durch die Wildnis. Da war es doch eigentlich keine schlechte Idee, sich diese Geschöpfe nutzbar zu machen.

Manche von ihnen hatten sich schon darauf spezialisiert, freilaufende Elbenpferde zu jagen, und waren zu einer wahren Landplage geworden.

»Wir werden ihn nicht davonkommen lassen!«, erreichte Sarwens Gedanke ihren Bruder. Auch ihre Augen wurden vollkommen von Schwärze erfüllt, ein Zeichen dafür, dass sie die dunkle magische Kraft in ihrem Inneren sammelte.

Rarax änderte plötzlich die Flugrichtung. Er hielt nicht länger auf den Elbenturm zu, sondern bog meerwärts ab. Einen Augenblick schien es so, als wollte er allein zurück nach Elbenhaven fliegen, dann änderte er erneut die Richtung. Er bewegte sich dabei ruckartig, so als würde er unter einem Zwang stehen. Zwischenzeitlich fiel er ein ganzes Stück wie ein Stein in die Tiefe, weil er seine Flügel nicht mehr richtig bewegte.

»Komm endlich her!«, dachten Daron und Sarwen im selben Moment.

Der Gedanke war so stark und intensiv, dass er Rarax erschreckte und einschüchterte.

»Na los!«

Das Riesenfledertier stieß wütende, fauchende Laute aus,

die mit schrillen Schreien abwechselten. Für menschliche Ohren wären diese hohen Laute zum Teil gar nicht mehr hörbar gewesen, für die viel empfindlicheren Ohren der Elbenkinder hingegen waren sie selbst aus dieser großen Entfernung noch beinahe unerträglich, und das, obwohl sie sich bereits innerlich dagegen abschirmten.

»*Wir werden am Ende ein gezähmtes Riesenfledertier haben und dafür taub geworden sein!*«, vernahm Daron die Gedankenstimme seiner Schwester.

»*Wäre das so schlimm?*«, fragte Daron zurück. Schließlich hörten sie gegenseitig ihre Gedanken. Zu anderen Elbenkindern hatten sie wenig Kontakt, und die Ermahnungen ihres Großvaters, des Elbenkönigs Keandir, musste man nicht unbedingt immer hören, wie Daron fand.

Rarax kehrte zurück. Im ersten Moment schien es, als wollte das Riesenfledertier die beiden Elbenkinder angreifen. Flatternd streckte es die krallenbewehrten Füße bei der Landung voraus und schien es geradezu darauf anzulegen, damit einen der beiden Elbenköpfe zu erwischen.

Aber die Zwillinge wichen rechtzeitig zurück. Sie hatten mit Hilfe ihrer magischen Fähigkeiten das riesenhafte Tier so weit unter Kontrolle, dass sie im Voraus wussten, was es beabsichtigte.

»*Lass dir das ja nicht noch einmal einfallen!*«, erreichte Rarax ein Gedanke, bei dem er nicht erkennen konnte, ob er von Daron oder Sarwen stammte. Zu ähnlich waren sie sich.

Rarax landete. Er schnaubte vor sich hin.

»Beruhige dich! Du brauchst keine Angst zu haben!«, sandte ihm Sarwen einen weiteren Gedanken.

Daron näherte sich vorsichtig, und das geflügelte Ungeheuer ließ dies geschehen, ohne mit den Krallen nach ihm zu schlagen. »Ich glaube, er ist wieder zur Vernunft gekommen«, sagte er.

»Dann sollten wir das ausnutzen und wieder zurück nach Elbenhaven fliegen«, meinte Sarwen.

Wenn sie den Weg hätten zu Fuß gehen müssen, wäre das sehr anstrengend und zeitraubend gewesen. Die Hauptstadt des Elbenreichs war zwar von dieser Höhe aus gut zu sehen und schien zum Greifen nahe, doch das Gelände auf dem Weg dorthin war sehr zerklüftet und unwegsam. Selbst auf dem Rücken eines Elbenpferds hätte man viele Umwege in Kauf nehmen müssen.

Daron trat so nahe an das Riesenfledertier, dass er nur die Hand ausstrecken musste, um es zu berühren. Er spürte, dass die Seele des Tiers sich beruhigt hatte. Also wagte er es, die Hand tatsächlich auszustrecken und das im Nackenbereich sehr dichte Fell des Riesenfledertiers zu berühren.

Rarax ließ es geschehen.

Er knurrte noch etwas, aber es war wohl nicht mehr damit zu rechnen, dass er noch einmal angriff oder einfach davonflog.

Daron sammelte noch einmal alles, was an der magischen Kraft der Dunkelheit in ihm war – jener Kraft, die in ihm und Sarwen so ungeheuer stark war. Stärker sogar, als es bei ihrem Vater Prinz Magolas oder ihrem Großvater König Keandir der Fall gewesen war.

Das war auch einer der Gründe, weshalb die Zwillinge vielen Elben unheimlich waren. Ein wenig magische Begabung hatten so gut wie alle Elben. Manche wurden zu Magiern oder Schamanen ausgebildet, um ihr Talent zu entfalten. Aber schon seit vielen Zeitaltern war die Magie der Elben immer schwächer geworden. Niemand kannte den Grund dafür.

Nur Daron und Sarwen waren eine Ausnahme. Ihre Kräfte erinnerten an die Macht, die in der alten Zeit die Magier und Schamanen gehabt hatten. Und das, obwohl die Elbenkinder streng genommen nur Halbelben waren, denn ihre Mutter war einen Menschenfrau gewesen.

Rarax faltete die Flügel an seinen Seiten zusammen, und Daron kletterte auf den Rücken des Riesenfledertiers.

»Komm, Sarwen!«

Wenig später saßen sie beide auf Rarax' Rücken und hielten sich an dem langen Fell fest. Das Riesenfledertier entfaltete wieder seine Flügel. Dann ließ es sich auf Darons geistigen Befehl hin in die Tiefe stürzen und vom Wind tragen.

»Auf zur Burg von Elbenhaven!«, sandte Daron einen Gedankenbefehl an Rarax. Er spürte nur noch einen ganz schwachen Widerstand.

Daron konnte die unsichtbaren magischen Zügel, mit denen er den Geist des Fledertiers lenkte, etwas lockern. Während in Sarwens Augen schon lange das Weiße wieder zu sehen war, wich nun auch aus Darons Augen die Dunkelheit.

Sarwen blickte hinab und sah einen Zug mit bepackten Pferden aus Elbenzucht, die sich die steilen Wege hinauf zum Elbenturm quälten.

Ganz oben auf dem turmförmigen Felsen befand sich die Werkstatt des berühmten elbischen Waffenmeisters und Erfinders Thamandor. Zu Anfang war diese Werkstatt in der Stadt Elbenhaven gewesen, aber nachdem er bei einem seiner Experimente beinahe die ganze Stadt Elbenhaven in Schutt und Asche gelegt hätte, hatten die Bürger darauf bestanden, dass die Werkstatt an einen anderen Ort verlegt wurde.

Der Gipfel des Elbenturms erschien dafür gerade richtig. Dort würde selbst bei einer größeren Explosion die Stadt nicht in Mitleidenschaft gezogen werden.

»Ah, ist das schön hier oben!«, stieß Sarwen hervor und schaute erst in die Tiefe und dann auf das Meer hinaus, wo die Segel einiger Schiffe zu sehen waren. Zumeist waren sie an ihrer schlanken, länglichen Form selbst aus weiter Entfernung als Elbenschiffe zu erkennen. Aber auch Schiffe aus den Ländern der Menschen fanden seit dem Ende des großen Krieges den Weg über das Meer, um Handel mit den Kaufleuten von Elbenhaven zu treiben.

»Man müsste mal eine richtig weite Reise mit Rarax unternehmen«, meinte Daron. »Stell dir vor, wie weit man mit dem Riesenfledertier fliegen könnte. Bis in die fernsten Herzogtümer des Reiches. Nach Nordbergen oder Meerland. Oder in die Länder der Menschen.«

»Ach, Daron …«

»Oder in das Waldreich, wo die Zentauren leben! Oder nach Zylopien, wo die friedlichen Riesen wohnen …« Daron geriet richtig ins Schwärmen.

»Dazu kann man sich noch viel zu schlecht auf Rarax verlassen.«

»Ich weiß. Aber mit der Zeit wird das anders werden, und er wird uns genauso treu folgen, wie es ein Elbenpferd tun würde.« Oft hatte Daron gelauscht, wenn an der Tafel des Elbenkönigs die Kapitäne der Elbenflotte über ihre weiten Reisen sprachen. Oder wenn Herzog Isidorn von Nordbergen zu Besuch kam oder Lirandil der Fährtensucher – einer der treuesten Gefolgsleute des Elbenkönigs – wieder mal auf der Burg von Elbenhaven weilte und von seinen weiten Reisen durch die Länder der Menschen, der Halblinge und der Blaulinge berichtete.

»Vielleicht könnte man mit Rarax sogar bis nach Athranor fliegen!«, rief Daron, dessen Fantasie sich immer weitere, großartigere Reisen ausmalte.

Athranor – das war die Alte Heimat der Elben gewesen. Von dort waren sie mit ihren Schiffen aufgebrochen und schließlich nach unvorstellbar langer Zeit an der Küste des

Zwischenlandes angelangt, wo sie das Elbenreich Elbiana gegründet hatten.

»Daron, du bist ein Träumer!«, meinte Sarwen. »Die Alte Heimat Athranor ist so unvorstellbar weit entfernt …«

»Aber du siehst doch, wie schnell so ein Riesenfledertier fliegen kann!«

Daron gab Rarax einen geistigen Befehl, damit er schneller flog. Und Rarax gehorchte diesmal prompt. Er beschleunigte plötzlich, sodass den beiden Elbenkindern der Fahrtwind nur so um die spitzen Ohren wehte.

Daron lenkte das Flugtier direkt auf das Meer hinaus. Rarax flog so schnell, dass man von Elbenhaven aus nur einen dunklen Schatten sah, als Rarax die Burg, die dazu gehörige befestigte Stadt und den großen Hafen mit den Schiffen der Elbenflotte überflog.

Vor ihnen war das Meer. Das Wasser glitzerte in der Sonne, und Daron schien ganz gebannt von diesem Anblick.

Sarwen drehte sich um. Wie klein Elbenhaven und selbst der gewaltige Elbenturm schon geworden waren!

»Siehst du es, Sarwen?«

»Ja, aber nun lass ihn wieder langsamer fliegen!«

»Wie du willst.«

»Am besten, du lässt ihn mich jetzt lenken.«

Daron lachte. »Nichts dagegen, Sarwen.«

»Außerdem wollten wir doch eigentlich zurück zur Burg!«

Daron seufzte. »Meinetwegen«, gab er nach.

In der Burg von Elbenhaven

Daron und Sarwen kehrten zur Burg von Elbenhaven zurück, auf der König Keandir residierte. Für Rarax war innerhalb des äußeren Burghofs ein Verschlag neben den Stallungen für die Elbenpferde errichtet worden.

Dort war Platz genug für das Riesenfledertier, und außerdem konnte es dort auch gefüttert werden. Das Riesenfledertier war in der Auswahl seiner Nahrung nicht gerade wählerisch. Besonders gern mochte es Fisch, aber es war notfalls auch mit dem Futter der Elbenpferde zufrieden.

Daron stellte sich vor, dass man Rarax später einmal allein auf die Jagd schicken konnte, wenn die geistige Verbindung zu ihm stark genug war und man nicht mehr befürchten musste, dass er einfach auf Nimmerwiedersehen davonflog und irgendwo auf den Weiden von Mittel-Elbiana kostbare Elbenpferde schlug.

Rhenadir der Gewissenhafte war der Marschall des Königs und hatte als solcher die Stallungen zu beaufsichtigen und dafür zu sorgen, dass die Elbenpferde der königlichen Elbenkrieger gut gepflegt wurden.

Dass er sich um die Versorgung des Riesenfledertiers kümmern musste, gefiel ihm überhaupt nicht. »Ich muss jede Woche ein Mitglied der Magiergilde herbestellen, damit er den Mist des Riesenfledertiers durch einen Zauber verschwinden lässt!«, beschwerte er sich nicht zum ersten Mal.

Daron und Sarwen sahen sich kurz an.

»Immer dasselbe Gemecker«, dachte Daron.

»Sei trotzdem nett zu ihm!«, antwortete ihm Sarwens Gedanken. *»Wenn sich der Marschall nämlich weigert, sich um Rarax zu kümmern, wird es schwierig für uns, ihn weiterhin zu behalten!«*

»Ich weiß, dass ihr euch in Gedanken vermutlich über mich lustig macht«, sagte der königliche Marschall. »Aber ihr solltet euch auch mal in die Lage derer versetzen, die dieses Monstrum für euch pflegen müssen! Kein Magier hat noch Lust, den Mist wegzuzaubern, weil so viel davon anfällt, dass es einfach zu anstrengend wird.«

»Das tut mir sehr leid«, sagte Sarwen. »Aber so ist nun mal die Natur dieses Riesenfledertiers. Und dagegen kann man nichts machen.«

»Außerdem ist es doch besser, dass Rarax hier im Pferch ist und nicht mit seinen Artgenossen die Elbenpferde jagt oder gar Reisende überfällt«, gab Daron zu bedenken.

Rhenadir der Gewissenhafte stemmte die Fäuste in die

Hüften. Seine Haut war etwas Besonderes, denn sie war selbst für einen Elben sehr hell, fast weiß – genau wie das Haar, unter dem ebenso wie bei Daron und Sarwen die spitzen Ohren hervorschauten.

Seine dunklen Elbenaugen musterten die beiden Kinder. »Es heißt, dass ihr so starke magische Fähigkeiten hättet. Stärker als mancher Magier!«

»Das sind Gerüchte«, behauptete Sarwen.

»Nur Gerüchte«, bestätigte Daron.

»Aber ihr wärt gewiss stark genug, um den Mist eures Riesenfledertiers selbst wegzuzaubern!«

»Das würden wir sofort tun«, erklärte Daron, und Sarwen stimmte ihm entschieden zu. »Nur unglücklicherweise hat uns unser Großvater aufgetragen, unsere Magie nur sehr zurückhaltend einzusetzen. Aber vielleicht könnt Ihr ihn ja davon überzeugen, dass er diese Anweisung zurücknimmt!«

Rhenadir der Gewissenhafte winkte ab. »Das müsst ihr schon selbst mit eurem Großvater ausmachen«, sagte er und schüttelte den Kopf. Als ob der Marschall der königlichen Elbenpferdeställe mit dem König über die Erziehung seiner Enkel diskutieren würde!

Daron spürte plötzlich einen Gedanken. Es war sein Großvater. König Keandir wünschte offenbar, dass er zu ihm kam. Daron seufzte und wandte sich mit fragendem Blick an Sarwen.

Seine Zwillingsschwester wusste sofort, was los war, und

schüttelte den Kopf. »Nein, mich hat er nicht gerufen«, sagte sie. »Aber wir wollten doch ohnehin beide zum Palas«

Daron nickte. »Ich weiß schon, was er von mir will«, sagte er. »Es ist immer dasselbe.« Er seufzte, und dann gingen sie zusammen davon.

Der Palas – das Haupthaus der Burg von Elbenhaven – lag im inneren Hof. Dies war bei einer Belagerung der letzte Rückzugsort der Elben von Elbenhaven. Gleichzeitig war es der höchste Punkt der Stadt, von wo aus man den Hafen und alle Befestigungsanlagen gut überblicken konnte. Hier, im alten Teil der Burg, waren die meisten Gebäude noch Stein auf Stein errichtet worden und nicht mit Hilfe von Elbenmagie, wie es später der Fall gewesen war. Gebäude aus richtigem Stein waren viel stabiler als jene Bauwerke, die nur aus der Kunst der Magie entstanden waren, und man brauchte auch nicht in regelmäßigen Abständen dafür zu sorgen, dass der Zauber, der das jeweilige Bauwerk aufrecht hielt, erneuert wurde.

Daron und Sarwen gingen die Stufen zum Eingang des Palas empor. Die beiden Elbenkrieger, die an der Tür Wache hielten, kannten die Zwillinge natürlich und ließen sie passieren.

Die Kinder betraten den großen Festsaal, in dem eine lange Tafel stand. Die Heilerin Nathranwen schien sie bereits zu erwarten. Sie war die Geburtshelferin der beiden

Elbenkinder gewesen, und vielleicht war das der Grund, weshalb ihre innere Verbindung zu den beiden so stark war, dass sie manchmal schon im Voraus ahnte, wann Daron und Sarwen im Palas auftauchten.

Nathranwen hatte dunkles Haar und die typische helle Haut der Elben. Der Blick ihrer sehr schräg gestellten Augen wirkte freundlich und warmherzig, und ihre Ohren traten nicht so stark durch das seidige Haar hindurch, wie dies bei den meisten anderen Elben der Fall war.

Außer der Heilerin waren noch Lirandil der Fährtensucher und Waffenmeister Thamandor im Saal. Der Waffenmeister hatte seine Werkstatt zwar hoch oben auf dem Elbenturm, aber das hielt ihn nicht davon ab, die Burg des Elbenkönigs des Öfteren aufzusuchen.

»Es wird ein Mahl für unsere Gäste geben!«, sagte Nathranwen. »Gerade wird alles vorbereitet, und ihr solltet auch etwas essen!«

»Später!«, sagten Daron und Sarwen wie aus einem Mund.

Sie hatten keinen Hunger. Elben brauchten nicht so regelmäßig Nahrung zu sich zu nehmen wie Menschen, Zentauren und die meisten anderen Geschöpfe des Zwischenlands. Sie waren in der Lage, die Wärme ihres Körpers auf ein Minimum zu senken und sehr lange Zeit ohne Mahlzeit auszukommen.

Von den sich oft lang hinziehenden Banketts hielten weder Daron noch Sarwen besonders viel. Diesmal waren mit Lirandil und Thamandor allerdings zwei sehr interessante Gäste zugegen, die sicher viel zu erzählen hatten.

»Es ist schon länger her, dass ihr etwas zu euch genommen habt«, sagte Nathranwen. »Nach meiner Rechnung schon mindestens drei Tage.«

»Sie macht sich einfach nur Sorgen um uns!«, meldete sich Sarwen mit ihrer Gedankenstimme bei ihrem Bruder. Die Heilerin konnte davon nichts mitbekommen. Gegen Fremde konnten die beiden Geschwister ihre Gedanken hervorragend abschirmen.

»Aber sie soll sich nicht aufspielen, als wäre sie unsere Mutter oder Großmutter!«, gab Daron zurück.

Die Großmutter der beiden Elbenkinder war Ruwen gewesen, die Gemahlin des Königs. Aber Ruwen war ebenso während des großen Krieges ums Leben gekommen wie die Eltern der Zwillinge.

Seid Daron und Sarwen am Hof König Keandirs lebten, glaubte Nathranwen wohl, ihnen gegenüber die mütterliche Rolle spielen zu müssen.

»Gut, diesmal sind wir mit dabei!«, versprach Sarwen und stupste ihren Bruder dabei kurz an.

»Sie vergisst wohl, dass wir schon fast hundert Jahre alt sind«, wandte Daron ein. *»Da könnte man uns allmählich ein paar Sachen selbst bestimmen lassen ...«*

Sarwen hob die Augenbrauen und erwiderte: *»Dann müssten wir langsam etwas erwachsener werden, aber das willst du ja nicht!«*

Daron stieg zum Hauptturm hinauf. König Keandir stand an der Brustwehr und blickte hinaus auf das Meer.

»Ich habe dich schon gehört, als du die erste Stufe genommen hast, Daron«, sagte Keandir und drehte sich um. »Schon an der Art deiner Schritte konnte ich erkennen, dass du es bist.«

»Und was ist mit der *geistigen* Verbindung zwischen uns?«, fragte Daron. »Hast du nicht auch deswegen geahnt, dass ich komme?«

»Natürlich.«

»Du hast mich gerufen.«

Keandir lächelte. Er trug ein schlichtes Wams und einen breiten Gürtel, in dessen mit Elbenrunen verzierten Scheide sein Schwert Schicksalsbezwinger steckte. Um den Hals trug er einen Lederbeutel, der die magischen Elbensteine enthielt. Beides – die Elbensteine und das Schwert Schicksalsbezwinger – waren die Symbole der Herrschaft des Elbenkönigs. Eines Tages, so hatte Keandir seinem Enkel gesagt, würde er sie an Daron übergeben.

»Ich habe dich nicht gerufen«, sagte Keandir.

»Aber ich glaubte, deine Gedanken zu spüren ...«

»Ich habe mir *gewünscht*, mit dir zu sprechen, das ist richtig«, erklärte Keandir.

»Ist das nicht dasselbe?«

»Nicht ganz. Aber da du schon einmal hier bist ... Ich habe gesehen, wie Sarwen und du mit dem Riesenfledertier umhergeflogen seid. Ihr hattet Schwierigkeiten.«

»Aber die ließen sich lösen«, sagte Daron. »Manchmal will Rarax nicht so wie wir.«

»Die Riesenfledertiere gehören zu den Geschöpfen, die Xaror in das Zwischenland holte, um es zu erobern«, sagte Keandir. »Ich würde ihnen niemals völlig vertrauen.«

»Aber der Krieg ist längst und lange zu Ende, und Xaror gibt es nicht mehr. Diese Wesen können nichts für das, was früher war.«

»Ich will nur, dass ihr vorsichtig seid, Daron.«

»Du weißt, wie stark die dunkle Kraft in uns ist, Großvater. Unsere Magie kann so ein Fledertier leicht beherrschen – genauso wie ein Elbenpferd. Und auch bei denen kommt es doch mal vor, dass sie etwas bockig sind.«

»Gewiss.«

Daron spürte, dass Keandir eigentlich noch über etwas anderes mit ihm sprechen wollte. Und er ahnte längst, was es war.

»Du bist schon lange nicht mehr gewachsen, Daron«, stellte Keandir fest. »Und deshalb mache ich mir Sorgen.«

»Es ist doch normal, dass Elbenkinder selbst bestimmen, wie schnell sie wachsen«, entgegnete Daron. »Menschenkinder müssen sich damit beeilen. Die meisten Menschen werden ja nicht einmal hundert Jahre alt, da muss man eben zusehen, dass man auf keinen Fall mehr als achtzehn oder zwanzig Jahre braucht, um erwachsen zu werden. Aber wir Elben leben viel länger. Wozu sich beeilen, Großvater? Es gibt sogar Elben, die nie erwachsen geworden sind, weil sie einfach nicht wollten.«

»Ja, doch das waren auch nicht die Nachfahren des Elbenkönigs, von denen man erwartet, dass sie selbst einmal Könige werden«, gab Keandir zu bedenken.

»Aber du wirst doch noch sehr lange leben, Großvater. Jahrhunderte, sogar Jahrtausende, wenn du willst und nicht diese Krankheit namens Lebensüberdruss, bekommst. Du brauchst noch keinen Nachfolger.«

»Aber es könnte mir etwas zustoßen, Daron. Und dann wäre es gut, wenn mein Enkel bereitstünde, die Krone zu tragen. Mein *erwachsener* Enkel wohlgemerkt.«

Sie tauschten einen etwas längeren Blick. Ja, *das* war der Kern des Problems. Daron sollte König werden, das war von Anfang an beschlossene Sache gewesen. Aber Daron wusste noch gar nicht, ob er das überhaupt wollte. Seit er am Hof von Elbenhaven lebte, hatte Daron mitbekommen, wie groß die Erwartungen waren, die die gesamte Elbenheit an ihren König stellten. Er hatte dafür zu sorgen, dass in Elbiana Wohlstand und innerer Frieden herrschten, dass es genügend ausgebildete Magier gab, die Brücken und Bauwerke instand hielten, und dass das Land vor potenziellen Feinden geschützt war.

Daron glaubte nicht, dass er klug und stark genug war, um diesen Ansprüchen immer und jeder Zeit gerecht zu werden.

»Elbenkinder bestimmen ihr Wachstum selbst«, sagte Keandir. »So ist es immer schon gewesen …«

»Dann lass auch mich selbst bestimmen, wie schnell ich wachse! Habe ich nicht das gleiche Recht wie andere Elben auch?«

»Elbenzwillinge richten sich bei ihrem Wachstum oft nach ihrem Geschwister«, fuhr Keandir fort. »Wächst ein Zwilling, macht es der andere ihm nach. Eigentlich besteht eher die Gefahr, dass sie zu schnell wachsen, weil sie sich dabei gegenseitig zu übertreffen versuchen, nicht umgekehrt.«

»Dann sprich doch mit meiner Schwester«, schlug Daron vor. »Wenn sie wächst, werde ich auch wachsen, wenn du mit deiner Vermutung richtig liegst.«

König Keandir lächelte milde und schüttelte den Kopf. »Nein, umgekehrt wird ein Elbenstiefel daraus: Deine Schwester würde gern wachsen, aber sie tut es deinetwegen nicht. Also hat es keinen Sinn, wenn ich mit ihr rede, denn sie wird sofort zu wachsen beginnen, wenn du wächst.«

Daron schwieg eine Weile. Die Wahrheit war so einfach. Alles hatte damit zu tun, dass Daron daran zweifelte, ob er wirklich König werden sollte. Aber sobald er erwachsen war, bestand die Gefahr, dass man genau das von ihm verlangte. So lange er ein Kind war, war es hingegen völlig ausgeschlossen, dass der Thronrat ihn zum König wählte.

Genau deshalb unterdrückte Daron jedes weitere Wachstum.

Aber konnte er dies seinem Großvater gegenüber eingestehen? Er durfte es ihn nicht einmal durch einen besonders starken Gedanken spüren lassen, denn schließlich war es König Keandirs größter Traum, dass Daron ihm eines Tages auf den Thron folgte. Und um nichts in der Welt wollte Daron seinen Großvater enttäuschen.

»Dein Geist ist verschlossen«, stellte der König fest. »Darum ist es besser, wir reden ein anderes Mal weiter …«

»Er hat mit dir wieder über das leidige Thema gesprochen, nicht wahr?«, fragte Sarwen ihren Bruder später, als sie beide noch einmal bei Rarax' Stall vorbeischauten.

Sie hatte gleich gemerkt, dass etwas nicht stimmte. Erstens hatte Daron seit dem Gespräch mit König Keandir kaum ein Wort gesprochen, und zweitens verschloss er seine Gedanken vor ihr, was nur selten vorkam.

Daron nickte. »Ja, so war es«, gab er zu. »Wir haben dieses Gespräch schon vor zwanzig Jahren geführt und vor noch mal zwanzig Jahren auch …«

»Du kannst von Glück sagen, dass er dich damit nicht häufiger bedrängt«, meinte Sarwen.

»Du hast gut reden!«

»Wieso?«

»Weil von dir niemand erwartet, einmal Herrscher von Elbiana zu werden. Aber von mir schon.«

Sie schwiegen eine Weile. »Also ich würde sofort wachsen, wenn du auch wachsen würdest«, erklärte sie. »Ich habe dir ja schon des Öfteren gesagt, dass ich es gut fände, bald wieder zu wachsen. Ich möchte Schamanin werden, aber so lange ich ein Kind bin, nimmt man mich im Orden der Schamanen nicht an.«

Die Aufgabe der Schamanen war es, sich um die Verbindung zu den Eldran zu kümmern. So nannte man diejenigen Elben, die sich bereits im Jenseits befanden. Und da die Zwillinge ihre Eltern früh verloren hatten, interessierte Sarwen das Jenseits und alles, was damit zu tun hatte, brennend.

»Warum wächst du dann nicht allein für dich?«, fragte Daron.

»Du würdest mir das nicht übel nehmen?«

»Nein.«

»Aber wenn einer von uns wächst und der andere nicht, dann wird die enge Verbindung zwischen uns nicht mehr da sein. Und das möchte ich nicht.« Sie zuckte mit den Schultern. »Ich kann warten.«

Er sah sie an und sagte dann: »Du hast es gut, Sarwen.«

»Wieso?«

»Weil du schon weißt, was später aus dir werden soll. Aber ich weiß das noch nicht.«

Sie strich sich das Haar aus dem Gesicht. *»Eines Tages wirst du das von einem Augenblick zum anderen wissen«*, empfing Daron ihren Gedanken.

Entführt

Am nächsten Tag fanden sich Daron und Sarwen wieder bei den Stallungen ein, um nach Rarax zu sehen. Außer Rhenadir dem Gewissenhaften und ein paar Gehilfen des Marschalls befand sich dort auch Lirandil der Fährtensucher.

Lirandil stand dicht neben Rarax und berührte mit der Hand dessen Nackenfell. Das Ungeheuer ließ sich das von ihm erstaunlicherweise gefallen.

Der Fährtensucher war bekannt dafür, mit Tieren besonders gut umgehen zu können. Er achtete auf die kleinsten Zeichen der Natur, wenn er auf seinen weiten Reisen ferne Länder durchstreifte. Er beherrschte das Fährtenlesen und hatte eine Schule für all diejenigen eingerichtet, die diese Kunst von ihm zu lernen wünschten.

Lirandil wandte sich zu den Zwillingen herum, als er sie bemerkte. »Wie man so hört, wollt ihr das Riesenfledertier so weit zähmen, dass es euch ebenso folgt wie jedes Elbenpferd.«

»Ja, das stimmt«, gab Sarwen zu, wobei ein Gedanke ihres Bruders sie erreichte: *»Ich wette, den hat Großvater geschickt, damit er uns noch einmal eindringlich davor warnt, wie gefährlich so eine Kreatur angeblich ist!«*

Auch Sarwen nahm das an.

»Ihr zwei seid in eurer Erziehung dieses Geschöpfes schon sehr weit gekommen«, sagte Lirandil anerkennend. »Und wenn man euch so fliegen sieht, dann scheint es euch auch ganz gut zu gehorchen.«

»Wir haben uns große Mühe gegeben«, erklärte Daron. »Was würdet Ihr davon halten, wenn unsere Kavallerie Riesenfledertiere statt Elbenpferde benutzen würde? Wäre es nicht vorteilhaft für das Elbenreich, über eine fliegende Streitmacht zu verfügen? Und all die Händler, die ihre Waren an Orte transportieren müssen, die nicht an der Küste oder einem Fluss liegen, sodass keine Schiffe dorthin gelangen können – wäre es für sie nicht auch ein enormer Vorteil, nicht auf Pferdewagen angewiesen zu sein?«

»Man bräuchte sehr viele und sehr starke Magier, um diese Tiere zu lenken«, gab Lirandil zu bedenken.

»Aber dafür bräuchte man keine Magier mehr, um Straßen und Wege auszubessern, denn über kurz oder lang würde doch jeder fliegen, statt mühsam über Land zu reisen«, entgegnete Daron.

»Ein interessanter Gedanke«, antwortete der Fährtensucher. »Und wenn der König eines Tages einmal Daron heißt, wird er vielleicht auch in die Tat umgesetzt.« Er tätschelte das Riesenfledertier, das daraufhin ein leises Brummen hören ließ, das an den Klang eines Hornissenschwarms erinnerte. »Aber dazu bräuchte die Elbenheit mehr Magier – und stärkere.«

Daron seufzte. »Euer Einwand klingt vernünftig ...«

»Wenn ihr gleich fliegt, dann seid vorsichtig«, mahnte Lirandil. »Ihr beide seid auf einem guten Weg mit diesem Riesenfledertier, aber es ist noch nicht völlig gezähmt. Daran solltet ihr immer denken, wenn ihr euch damit über die Berge von Hoch-Elbiana tragen lasst.«

»Wir passen schon auf«, versprach Sarwen.

Wenig später saßen die beiden Elbenkinder auf Rarax' Rücken, und die Burg unter ihnen wurde immer kleiner. Das Riesenfledertier ließ sich mühelos lenken und reagierte auf jeden Gedankenbefehl.

»Ich glaube, so etwas wie gestern wird uns heute nicht passieren«, meinte Daron.

»Ich hoffe, du hast recht«, gab Sarwen zurück, die der Sache noch nicht so richtig traute.

Rarax flog einen weiten Bogen, der sie über die schroffen Felsmassive mit dem Elbenturm führte, den er dann zweimal umkreiste. Immer höher ließen die beiden Elbenkinder das Riesenfledertier steigen. Es wurde eisig kalt, aber Elben waren weder gegen Kälte noch gegen Wärme sehr empfindlich, und so machte ihnen das nichts aus.

»Ich frage mich, wie hoch Rarax wohl zu steigen vermag«, sagte Daron. »Und wie weit er fliegen kann, ohne zwischendurch einmal zu landen.«

»Das sollten wir nicht heute ausprobieren«, riet Sarwen.

»Warum nicht?«

»Seien wir froh, dass Rarax uns im Augenblick ganz gut gehorcht. Und wenn er sich auch in Zukunft so gut lenken lässt, können wir ja weitersehen.«

Daron blickte zu den schneebedeckten Gipfeln hinüber. *»Aber zumindest über die Berge könnten wir fliegen!«*, erreichte sein Gedanke Sarwen.

Sie atmete tief durch, während der Flugwind ihr die Haare zerzauste. *»Meinetwegen«*, lautete ihre Antwort.

Nebel wallte um die hohen Gipfel der Gebirgszüge, die sich durch die Provinz Hoch-Elbiana zogen. Daron und Sarwen ließen Rarax so weit emporsteigen, dass sie schließlich über der Wolkendecke schwebten, aus der die einzelnen Gipfel herausragten.

Rarax flog schneller, je höher er stieg. Daron und Sarwen blickten immer wieder in die Tiefe, aber trotz ihrer scharfen Elbenaugen konnten sie dort nichts mehr erkennen außer einer weißen Wolkendecke.

»Lass uns umdrehen«, meinte Sarwen.

»Aber warum? Wir fliegen doch gerade so schön!«, gab Daron zurück. »Ob Rarax noch höher kann?«

Rarax beschleunigte noch weiter, und die Haare wehten den beiden Elbenkindern nur so um die spitzen Ohren.

»Lass ihn zurückfliegen! Bitte! Nur damit wir sehen, dass er uns noch gehorcht!«, wandte sich Sarwen schließlich in Gedanken an ihren Bruder.

»Gut«, antwortete dieser. *»Dann mach du das! Du wirst sehen, es gibt keine Schwierigkeiten.«*

Sarwen übernahm daraufhin die geistige Lenkung des Riesenfledertiers. Doch Rarax machte nicht die geringsten Anstalten, ihrem Befehl Folge zu leisten und die Richtung zu ändern.

»Na wirst du wohl!«, sandte Sarwen einen ärgerlichen Gedanken. Aber Rarax stellte sich geistig taub und reagierte nicht. Stattdessen beschleunigte das Riesenfledertier seinen Flug noch und stieg auch noch höher. *»Rarax!«*

Ihre gesamte magische Kraft legte Sarwen in diesen Gedanken. Schwärze füllte ihre Augen.

»Er gehorcht einfach nicht!«, sandte sie einen Gedanken an Daron, der inzwischen schon gemerkt hatte, dass etwas nicht stimmte.

Auch seine Augen waren inzwischen vollkommen schwarz geworden. Er murmelte eine Formel, die ihm half, seine magischen Kräfte zu sammeln.

Aber auch mit seiner Magie ließ sich das Riesenfledertier nicht beeinflussen. Es stieß ein paar schrille Schreie aus, die beinahe an ein triumphierendes Gelächter erinnerten.

»Ist das nun der Dank dafür, dass wir uns so viel Mühe

mit dir gegeben und dich gesund gepflegt haben?«, ließ Sarwen ihren zornigen Gedanken freien Lauf.

Rarax schien das jedoch nicht im Geringsten zu kümmern. Er flog einfach immer weiter, stieg noch höher und bewegte dabei die Flügel mit ruhigen Schlägen. Ein schriller Ruf drang aus seinem Maul. Er klang in den Ohren der beiden Elbenkinder wie ein Triumphgeheul, hatte das Riesenfledertier es doch offenbar endlich geschafft, die Herrschaft der beiden Zwillinge abzuschütteln.

Rarax wandte sich nach Südosten, überflog das Hügelland von Mittel-Elbiana. Unter ihnen war die Wolkendecke längst aufgerissen. Ein großer Fluss zog sich wie eine gewundene blaue Linie daher.

Daron deutete in die Tiefe. »Das muss der Tir sein!«

Sie konnten die Segel von Elbenschiffen ausmachen, die flussabwärts trieben. Der Tir teilte sich in einen nördlichen Arm, der durch die Quellen von Nithrandor gespeist wurde, und einen südlichen, der zum See von Dorin Diris führte.

Das Land schien geradezu unter den Elbenkindern hinwegzurasen. Rarax folgte dem südlichen Arm des Tir, überflog schließlich den himmelblau leuchtenden See von Dorin Diris. Dahinter lagen die Grasländer von Nieder-Elbiana.

»Was machen wir jetzt nur?«, rief Sarwen.

»Ich weiß es nicht«, gab Daron zur Antwort.

»Wenn wir unsere Kräfte vereinen, müssten wir es doch

schaffen, Rarax wieder unter unsere Kontrolle zu bekommen!«

»Versuchen wir's!«

Die Augen der beiden Elbenkinder wurden erneut vollkommen schwarz. Sie richteten ihre magischen Kräfte in einen gemeinsamen Strom auf den Geist des Fledertiers.

»Gehorche uns!«

Rarax verlangsamte seinen Flug ruckartig und flog einen Bogen. Es sah fast so aus, als wollte er zum See von Dorin Diris zurückkehren. Das Riesenfledertier ließ einen dröhnenden Laut hören, der tief aus seiner Kehle kam und die Elbenkinder bis ins Mark erschaudern ließ.

Offenbar hatte der gemeinsame Einsatz ihrer Kraft Erfolg, doch Daron spürte, wie sich Rarax' Geist erneut auflehnte.

Auf einmal wand sich das fliegende Tier in der Luft, und dann sackte es ab, fiel vom Himmel wie ein Stein. Rarax war dabei völlig untätig und schien ganz bewusst in Kauf zu nehmen, dass sie alle am Boden zerschmetterten. Selbst die fortgeschrittene Heilkunst der Elben hätte ihnen nach einem Sturz aus dieser Höhe nicht mehr helfen können.

Sarwen schrie, und Daron krallte sich im Fell des Fledertiers fest.

»Genau das will er! Dass wir Angst haben und unsere Kräfte nicht mehr konzentrieren!«, erkannte Daron. Aber es war zu spät. Sie hatten bereits wieder jeglichen Einfluss auf Rarax verloren.

Das Riesenfledertier stieß wieder schrille, wie ein meckerndes Lachen klingende Laute aus.

Nur etwa zwei Mannlängen über dem Boden fing Rarax seinen Sturz ab und stieß dann wieder nach oben. Sein Flug wurde wieder schneller und schneller.

»Er könnte uns einfach abschütteln, Daron!«, erreichte den Elbenjungen ein Gedanke seiner Schwester.

Daron blickte in die Tiefe. Ja, daran hatte er auch schon gedacht.

»Jetzt ist er es, der uns beherrscht!«, sandte er einen wütenden Gedanken an Sarwen. *»Und zwar durch die Angst, die er uns macht!«*

Aber das war im Moment wohl leider kaum zu ändern.

Die Dämmerung brach herein, so lange waren sie bereits unterwegs. Daron fühlte sich müde und ausgelaugt. Zusammen mit Sarwen hatte er all seine magische Kraft eingesetzt, um Rarax wieder unter ihre Kontrolle zu bringen, aber es war ihnen nicht gelungen.

Er konnte sich nicht daran erinnern, sich jemals so müde und angeschlagen gefühlt zu haben. Auf jeden Fall war es ausgeschlossen, in der nächsten Zeit einen weiteren Versuch zu unternehmen, die Herrschaft über Rarax' Geist zurückzugewinnen.

»Mir geht es genauso!«, empfing er Sarwens Gedanken, die natürlich wusste, wie es ihrem Bruder ging.

»Wir können nur hoffen, dass auch Rarax' Kräfte irgendwann erlahmen«, meinte Daron.

Sarwen war in dieser Hinsicht sehr skeptisch. *»Ich habe nicht das Gefühl, dass das schon sehr bald der Fall sein wird«*, äußerte sie sich in ihren Gedanken.

Rarax trug sie über die grasbewachsenen Ebenen von Nieder-Elbiana, bis sie schließlich einen weiteren Fluss erreichten.

Der Tir war gegen diesen reißenden Strom kaum mehr als ein schmaler Bach, so wollte es Daron erscheinen.

»Der Nur!«, durchfuhr es ihn. Wenn er Hochwasser führte, war er so breit, dass man ihn auch für ein schmales Meer halten konnte. Er war der mächtigste Strom des ganzen Zwischenlandes. Im Gebirge von Nordbergen entsprang er in einem See und schlängelte sich von dort bis ins Zwischenländische Meer.

Daron und Sarwen hatten diesen Strom schon einmal überquert, als man sie nach Elbenhaven an den Hof des Elbenkönigs gebracht hatte. Viele Jahre war das her.

»Damals waren wir noch klein«, dachte Daron – und zwar so, dass Sarwen es registrieren konnte.

»In der Zwischenzeit hätten wir größer werden können, als wir jetzt sind«, hielt Sarwen ihm entgegen.

»Darüber können wir uns ein anderes Mal streiten«, erwiderte Daron laut. Im Moment jedenfalls hätte es ihnen nicht das Geringste genutzt, bereits größer zu sein.

»Aber es ist doch wahr!«, empfing Daron einen übel

gelaunten Gedanken seine Schwester, die in diesem Punkt anderer Ansicht war.

Daron erinnerte sich an die Brücke von Mina Sar, die weiter südwestlich über den Strom führte. Sie war durch Magie geschaffen worden, wie viele andere Bauwerke der Elben auch, weswegen sie ständiger magischer Pflege bedurfte, damit sie nicht eines Tages einfach verschwand.

Rarax trug sie über den breiten Strom, auf dem ein reger Schiffsverkehr herrschte.

Der Nur bildete die Grenze von Elbiana. Dahinter lag das Waldreich, das fast ganz von undurchdringlichem Urwald bedeckt wurde. Mancherlei sonderbare Geschöpfe lebten dort. Aber vor allem wurde es von den Zentauren beherrscht. Diese stolzen Wesen, die wie eine Mischung aus Mensch und Pferd aussahen, waren von jeher treue Verbündete der Elben, die zusammen mit König Keandir gegen die wilden Trorks gekämpft hatten.

Inzwischen stand der Mond hoch und fahl am Himmel. Vom Erdreich war kaum etwas zu sehen. Es blieb unter dem Blätterdach verborgen. Nur hin und wieder glaubte Daron, auf einer Lichtung den Schatten eines Zentauren zu sehen, doch selbst die sehr scharfen Elbenaugen der Zwillinge konnten nichts Genaueres ausmachen.

Ein seltsamer Chor von unheimlichen Tierstimmen drang aus dem dichten Urwald empor. In den Bäumen kletterten nur als Schatten sichtbare Wesen, irgendeine Affenart vielleicht.

Vögel wurden durch das Auftauchen des Riesenfledertiers aufgescheucht. Rarax schien daran Freude zu haben, denn er flog auf einmal besonders tief, sodass ganze Schwärme von Federvieh aufflatterten, und Rarax stieß dann jedes Mal Laute aus, die an das meckernde Lachen einer Ziege erinnerten.

Seine Fluggeschwindigkeit hatte das Riesenfledertier inzwischen deutlich verlangsamt. Vielleicht suchte es irgendetwas am Boden dieses nahezu vollkommen bewaldeten Landes. Möglicherweise war aber auch endlich das eingetreten, worauf die beiden Elbenkinder schon seit Langem warteten, und das Riesenfledertier war müde geworden.

»Großvater wird sich längst Sorgen machen«, glaubte Sarwen. *»Erzählt er nicht immer, dass er schon einmal im Waldreich und sogar im Wilderland war? Warum sollte er uns also nicht zurückholen?«*

Die schrillen, fast wie Gelächter klingenden Laute, die Rarax daraufhin hören ließ, wirkten fast wie eine Antwort auf Sarwens Gedanken.

Ausgesetzt im Wilderland

Rarax hatte sein Flugtempo verlangsamt. Inzwischen machten sich auch bei ihm erste Zeichen der Erschöpfung bemerkbar.

In Daron keimte bereits die Hoffnung auf, dass es ihm und Sarwen vielleicht doch noch gelingen konnte, das Riesenfledertier wieder zum Umdrehen zu bewegen.

Rarax flog sehr tief. Kaum eine Mannlänge trennte ihn von den Baumwipfeln, die voll von unheimlichem schattenhaften Leben waren.

Der Morgen graute bereits, als sie schließlich einen weiteren Fluss erreichten. Er war nicht so breit wie der Nur, und außerdem floss er Richtung Norden. Oft hatte Daron mit seinem Großvater zusammen die Karten des Zwischenlandes betrachtet, und König Keandir hatte ihm gezeigt, welche Flüsse, Berge und Küsten die Grenzen von Elbiana und anderer Reiche bildeten. »Ein zukünftiger Herrscher sollte die Grenzen seines Reiches kennen«, waren dem Elbenjungen die Worte seines Großvaters noch im Ohr.

Darum erinnerte sich Daron auch noch sehr gut an die besondere Form, die das nach Norden führende Flussbett hatte.

»Es muss der Nor sein«, dachte er und ließ Sarwen an diesem Gedanke teilhaben, *»der Grenzfluss zum Wilderland.«*

»So weit sind wir schon?«, fragte Sarwen.

»Ich habe diesen gewundenen Lauf oft genug auf den Karten unseres Großvaters gesehen«, erklärte Daron. *»Und außerdem: Sieh dir die Pflanzen am anderen Flussufer an! Sie sehen völlig anders aus als die, die wir kennen. Hausgroße Schachtelhalme, dafür kaum Bäume!«*

König Keandir hatte nie viel über seine Abenteuer in Wilderland gesprochen, obwohl Daron wiederholt versucht hatte, mehr über dieses geheimnisvolle Land mit seinen seltsamen Geschöpfen zu erfahren. Dafür war Waffenmeister Thamandor um so redseliger gewesen. Er hatte den König seinerzeit auf seiner abenteuerlichen Reise nach Wilderland begleitet und dem Elbenjungen ausführlich von dieser Gegend erzählt und seine Geschöpfe eindrucksvoll geschildert. Nur hatte ihm Daron nicht alles geglaubt. Von Riesenmammuts war die Rede gewesen, unter deren Füßen der Boden erzitterte, oder von den wilden Trorks, vor denen man sich in Acht nehmen musste.

»Wir sollten Großvater endlich Bescheid geben!«, drang Sarwens Stimme in Darons Gedanken.

»Nur wenn es unbedingt nötig ist ...«

»Es ist nötig, Daron! Denn wenn wir noch länger damit warten, sind wir vielleicht schon zu weit entfernt, um noch eine geistige Verbindung zu ihm aufnehmen zu können. Und dann wird er nicht mal ahnen, was uns widerfahren ist. Wie sollte er uns da helfen?«

Daron hätte es gern vermieden, den König um Hilfe zu bitten, denn er gestand damit seinen eigenen Fehler ein. Er hätte auf seinen Großvater hören sollen, der ihn vor dem Riesenfledertier gewarnt hatte.

»Es wäre besser, wir würden die Situation ohne ihn meistern«, meinte er.

»Dazu ist es zu spät!«, beharrte Sarwen.

Doch der Gedanke, dass Großvater Keandir erfuhr, dass seine Enkel das Riesenfledertier nicht unter Kontrolle hatten, gefiel Daron immer noch nicht. Wahrscheinlich dürfen wir danach nie wieder damit fliegen, ging es ihm durch den Kopf – allerdings ließ er Sarwen diesmal an seinen Gedanken nicht teilhaben.

Möglicherweise bestimmte König Keandir auch, dass ihnen erst dann wieder gestattet wurde, auf Rarax' Rücken zu reiten, wenn die Zwillinge groß geworden waren. Und das wollte Daron ja um jeden Preis vermeiden oder zumindest möglichst weit hinausschieben.

»Großvater hat bestimmt schon versucht, eine Gedankenverbindung zu uns herzustellen«, meldete sich Sarwen wieder in seinem Kopf.

»Andere Elbenkinder sind auch mal ein paar Tage von

zu Hause weg«, entgegnete Daron. Elben empfanden nämlich die Zeit anders als Menschen, da sie ja extrem langlebig waren. Für sie waren ein paar Jahre nicht länger als vielleicht für einen Menschen ein Tag.

»Mag sein, aber diese Elbenkinder fliegen auch nicht auf einem ungehorsamen Riesenfledertier, sondern ziehen sich vielleicht nur einfach mal für ein paar Tage in die Berge zurück, um nachzudenken.«

Sarwens Augen wurden schwarz, und Daron, der sie über die Schulter hinweg ansah, wusste, was das bedeutete. Sie setzte all ihre magischen Kräfte ein, um eine Gedankenverbindung zu König Keandir herzustellen.

»Wenn du jetzt deine Magie zu Hilfe nimmst, heißt das, dass du es vorher schon mal mit deinen einfachen Elbensinnen probiert hast und es nicht geklappt hat!«, stellte Daron ärgerlich fest, weil Sarwen ihn nicht darin einbezogen hatte.

»Ich dachte, du bist dagegen und wollte einen Streit vermeiden«, gab sie zurück.

Aber auch unter Einsatz ihrer magischen Kräfte kam keine geistige Verbindung zu König Keandir zustande.

»Lass es uns noch einmal gemeinsam versuchen«, bat Sarwen.

»Und wenn wir Rarax danach nicht mehr reiten dürfen?«

»Es ist vielleicht unsere letzte Chance!«

Doch es kam nicht mehr dazu. Abrupt senkte Rarax

die Flugbahn, flog durch die hoch aufragenden Riesenschachtelhalme hindurch, drehte sich dabei und schüttelte sich. Vielleicht hatte das Tier den Streit zwischen den beiden Elbenkindern gespürt und wollte es ausnutzen, dass sie sich nicht mehr auf ihn konzentrierten. Jedenfalls konnte sich Daron nicht mehr halten. Er rutschte ab und flog im hohen Bogen durch die Luft. Selbst seine Magie half ihm nicht mehr.

Daron landete auf einer weichen Moospflanze.

Ein schmatzender, stöhnender Laut ging davon aus, der plötzlich ganz tief wurde und alles vibrieren ließ. Daron glaubte, die empfindlichen Trommelfelle seiner Elbenohren müssten platzen. Er versuchte sich aufzurappeln, stellte aber fest, dass er sich kaum bewegen konnte. Das Moos klebte an ihm, und er sank langsam in den Moosballen ein, der daraufhin ein wohliges Knurren ausstieß.

Angst erfasste Daron. Er strampelte so kräftig er konnte, wollte von diesem Fressmoos, in das er hineingefallen war, nicht verschlungen werden. Doch ein unwiderstehlicher Sog zog ihn abwärts. Es war, als ob er in Treibsand oder einen Sumpf geraten wäre. Je mehr er sich bewegte, desto stärker wurde er hinabgezogen.

Einige Augenblicke später schaute nur noch Darons Kopf aus dem Moosballen hervor. Er wollte schreien, aber nicht einmal das konnte er. Das Moos drückte seinen Brustkorb zusammen, sodass er kaum noch Luft bekam.

»Daron!«

Ein angsterfüllter Gedanke Sarwens erreichte ihn. Allerdings wusste er nicht, ob das Riesenfledertier sie ebenfalls abgeworfen hatte und sie sich in der Nähe befand oder ob Rarax einfach mit ihr davongeflogen war.

Gleichzeitig nahm er auch noch andere Gedanken wahr.

Sie stammten von dem Fressmoos und waren recht einfach. Das Fressmoos war nur von Gier und Hunger erfüllt und freute sich über den saftigen Fleischbrocken, der ihm sozusagen ins Maul geflogen war.

Daron gab das Gestrampel nun auf, denn er sah ein, dass es seine Lage nur verschlimmerte. Jede Bewegung ließ ihn nur noch tiefer ins Fressmoos versinken.

Das Herz schlug Daron bis zum Hals. Er versuchte sich zur beruhigen, auch wenn es bereits an seinem Kinn kitzelte und es nur noch wenige Augenblicke dauern konnte, bis das Fressmoos ihn völlig verschlungen hatte. Er versuchte seine magischen Kräfte zu sammeln.

Die vollkommen schwarz gewordenen Augen schauten gerade noch aus dem Moos, als der Sog plötzlich aufhörte. Ein fürchterliches Brüllen war auf einmal zu hören, und nicht mehr Hunger und Gier beherrschten die einfachen Gedanken des Fressmooses, sondern Schmerz.

In Darons engerer Umgebung war das Moos überall vertrocknet und sah fast aus, als wäre es verbrannt. Und dieser Bereich breitete sich noch weiter aus. Darons magische Kräfte bewirkten dies, und dann wurde der junge Elbe von unten angehoben und aus dem Schlund des Fressmooses geschleudert. Er landete ein paar Schritte entfernt auf dem weichen, etwas sumpfigen Boden.

Sofort rappelte er sich auf. Ihm war schwindelig. Alles drehte sich vor seinen Augen. Der Einsatz der Magie hatte ihn viel Kraft gekostet. Viel mehr, als er geahnt hatte.

Er verschloss seine Ohren vor dem tiefen Gebrüll des Fressmooses, das zum Glück am Boden festgewachsen war und ihm nicht folgen konnte. Aber die Wut, die dieses Wesen empfand, war deutlich zu spüren. Seine Gedanken waren voller Hass.

Daron wich ein paar Schritte zurück. Es raschelte, knackte und schabte zwischen den riesigen Schachtelhalmen und den anderen Pflanzen, die überall im Wilderland zu finden waren.

Im Wilderland hatten sich sowohl Pflanzen als auch Geschöpfe erhalten, die in anderen Gebieten des Zwischenlandes längst ausgestorben waren.

Das Fressmoos hatte sich noch immer nicht beruhigt. Die rußschwarz gewordene Stelle, wo Daron sich befunden hatte, war noch deutlich zu sehen.

Das hast du nun davon, dachte Daron. Hättest eben nicht versuchen dürfen, mich zu verspeisen!

Daron achtete genau auf seine geistigen Sinne. Vielleicht konnte er noch einmal einen Gedanken von Sarwen auffangen!

»Wo bist du, Sarwen?«

Vorsichtig setzte Daron einen Fuß vor den anderen und schaute dabei immer wieder zu Boden. Waffenmeister Thamandor hatte in seinen Erzählungen mehrmals die Flügelschlangen erwähnt, vor denen man sich in Acht nehmen musste. Aber auch die Riesenvögel und viele andere Geschöpfe, die im Wilderland beheimatet waren, konnten gefährlich werden.

»Sarwen!«

Er sandte seine Gedanken mit der größtmöglichen Kraft. Dabei fühlte er sich schwach und elend. Er lehnte sich gegen einen der wenigen Bäume, der so dick war, dass wahrscheinlich zwanzig ausgewachsene Männer nötig gewesen wären, um seinen Stamm zu umfassen.

»Daron?«

Knacken und Rascheln ließen ihn aufschrecken. Er schaute zur Seite, sah wie hohes Gras und ein Busch in Bewegung gerieten, dann trat Sarwen aus dem Gestrüpp hervor. Ihre Arme und ihr Gesicht waren über und über mit Striemen und anderen kleinen Wunden bedeckt.

»Daron, da bist du ja!«, rief sie.

»Was ist mit dir passiert?«

»Ich bin in einem Dornengebüsch gelandet«, berichtete Sarwen. »Du siehst es ja, ich bin ganz zerkratzt. Zum Glück ist mein Kleid aus guter Elbenseide, sonst wäre es zerrissen. Und du?«

Daron deutete in Richtung des Fressmooses. »Da solltest

du nicht hingehen. Die Pflanze dort hatte großen Hunger auf mich.«

Sarwen atmete tief durch. Dann murmelte sie eine magische Formel und strich sich dabei mit einer Hand übers Gesicht, und schon bluteten die Kratzer nicht mehr, und die Wunden schlossen sich und verheilten.

»Soll ich dir helfen?«, fragte Daron.

»Nein danke, es geht schon«, entgegnete Sarwen. »So schlimm ist es nicht.«

»Siehst aber ziemlich ramponiert aus.«

»Das wird sich gleich ändern.«

Keine der Wunden, die sie davongetragen hatte, war wirklich tief, und so konnte Sarwen sie allesamt mit ihrer eigenen Magie heilen. Die Heilkunst der Elben war überall berühmt. Jeder Elb verstand zumindest etwas davon und konnte leichtere Wunden selbst behandeln. Bei schweren Verletzungen musste man allerdings einen ausgebildeten Heiler aufsuchen.

Ein paar Augenblicke später waren die Wunden auf den Armen und im Gesicht des Elbenmädchens völlig verschwunden.

Daron hatte in der Zwischenzeit wieder etwas Kraft sammeln können. Das Schwindelgefühl, das ihn zunächst befallen hatte, machte sich nicht mehr bemerkbar.

»Was meinst du, können wir vielleicht doch noch eine geistige Verbindung zu Großvater aufbauen?«, fragte Sarwen.

Schlimmer konnte die Lage eigentlich nicht mehr werden. Sie waren beide in einem fremden Land voller gefährlicher Kreaturen gestrandet. Es lag so weit von Elbenhaven entfernt, dass eine Rettungsexpedition in jedem Fall Wochen oder gar Monate brauchen würde, um auch nur in ihre Nähe zu gelangen.

Daron seufzte. »Also gut«, stimmte er zu.

Sarwen nahm seine Hände. Ihre Augen wurden schwarz, und Gleiches geschah auch mit Darons Augen. Die beiden Elbenkinder sammelten ihre Kräfte für eine Reihe gemeinsamer, sehr intensiver Gedanken.

Ob König Keandir sie empfangen konnte, wussten sie nicht. Aber zur Unterstützung murmelten sie eine magische Formel, die ihnen half, ihre Kräfte zu konzentrieren. Immer wieder sprachen sie diese Formel gemeinsam vor sich hin.

Schließlich gaben sie den Versuch auf. Sehr wahrscheinlich würden sie ihre Kräfte noch brauchen, um sich gegen die mannigfaltigen Gefahren des Wilderlands zu behaupten.

Davon abgesehen hatte Daron das Gefühl, dass sich magische Kräfte in diesem Land irgendwie schneller verbrauchten.

»Du hast recht«, stimmte ihm Sarwen in Gedanken zu. *»Ich bin merklich schneller erschöpft als sonst. Vielleicht eine Eigenart dieser Gegend – oder es liegt ein Bann über diesem Land, der die volle Entfaltung der Magie verhindert.«*

Daron zuckte mit den Schultern. »Immerhin hat meine Magie noch ausgereicht, dass ich mich von dem Fressmoos befreien konnte. Also kann keine Rede davon sein, dass sie hier nicht wirkt.«

»Was schlägst du als nächsten Schritt vor?«, fragte Sarwen.

»Wir müssen abwarten, was jetzt geschieht«, sagte Daron. »Aber eins steht fest: Wir werden in nächster Zeit auf uns selbst gestellt sein!«

Sarwen nickte mit verkniffener Miene, dann wollte sie wissen: »Hast du noch irgendein Gespür für Rarax?«

Daron musste zugeben, eine ganze Weile gar nicht mehr an das Riesenfledertier gedacht und auch keine geistige Verbindung mehr mit ihm gehabt zu haben.

»Und du?«, sandte er Sarwen seinen Gedanken.

»Nur ganz schwach«, erklärte sie. »Und auch nur manchmal. Dazwischen gibt es immer wieder lange zeitliche Abschnitte, in denen ich ihn gar nicht mehr spüre.«

»Dann entfernt er sich.«

»Das nehme ich auch an.«

»Wir müssen ihm folgen«, war Darons Ansicht. »Wenn wir Rarax nicht finden und wieder unter unsere Kontrolle bekommen, weiß ich nicht, wie wir nach Elbenhaven zurückkehren sollen.«

»Wir müssten dann zu Fuß gehen und uns durch das Waldreich quälen. Ich dachte, Großvater hätte dir oft genug die Karten gezeigt.«

»Nicht nur Großvater, auch Lirandil der Fährtensucher hat sie mir gezeigt. Und Herzog Isidorn von Nordbergen, der mit seinen Schiffsreisen viele Gebiete des Zwischenlandes überhaupt erst entdeckt hat.«

»Na, dann müsstest du dich doch auskennen und so ungefähr wissen, wie es nach Hause geht.«

Daron und Sarwen hatten viel gemeinsam, aber ein paar Dinge gab es doch, die sie voneinander unterschieden. So hatte sich Sarwen niemals für Landkarten interessiert, und die Erzählungen Lirandils und Isidorns über ferne Länder, unbekannte Küsten und geheimnisvolle Gebirge hatten sie eher gelangweilt. Was sie stattdessen stets faszinierte, war alles, was mit den Eldran zu tun hatte und wie es in der jenseitigen Welt aussah.

»Du hast gar keine Vorstellung, wie weit wir fortgetragen wurden, nicht wahr?«, stellte Daron fest.

Und er sandte ihr ein paar Gedankenbilder, die es ihr verdeutlichen sollten. Ein Jahr lang konnten sie durch die Wildnis marschieren, um zurück nach Elbenhaven zu gelangen, und dennoch wäre es unsicher, ob sie dort je ankommen würden. Und Daron verdeutlichte ihr auch, dass es ein Unterschied war, ein Land auf der Karte zu betrachten oder sich darin zurechtfinden und seinen Weg suchen zu müssen.

»Wir müssen Rarax folgen«, beharrte er. »Sonst wird unsere Rückkehr sehr, sehr schwierig …«

»Und was ist, wenn wir ihn nicht mehr finden?«

»Dann fällt uns bestimmt noch etwas anderes ein«, gab sich Daron hoffnungsvoll.

Unheimliche Kreaturen

Der Dolch mit der langen Klinge, den Daron am Gürtel trug, war nicht wirklich dafür geeignet, sich damit einen Weg durch die wuchernde Pflanzenwelt des Wilderlands zu bahnen. Manchmal blieb dem Elbenjungen allerdings nichts anderes übrig, als den Dolch zu Hilfe zu nehmen. Die Waffe hatte eine vierkantige Klinge und war äußerst scharf. Mit wenigen Hieben konnte man einen der Riesenschachtelhalme zu Fall bringen, wenn es sein musste, aber viele der Rankpflanzen und Stauden waren sehr viel zäher.

Den beiden Elbenkindern gelang es bei manchen Pflanzen, mit ihnen auf magische Weise in Verbindung zu treten. Die ließen sich dann so beeinflussen, dass sie sich zur Seite bogen und ihnen Platz schafften. Aber längst nicht alles, was da so wuchs, reagierte auf ihre Gedankenbefehle.

Außerdem mussten sie auch einen Teil ihrer magischen Kraft immer darauf verwenden, Rarax geistige Spur nicht zu verlieren. Und die wurde immer schwächer.

»Nicht mehr lange, und wir werden sie verlieren!«, dachte Sarwen, und Daron konnte ihr da nicht widersprechen. *»Außerdem sind wir jetzt schon mehr als einen Tag und eine Nacht auf den Beinen.«*

»Wir sind Elben- und keine schläfrigen Menschenkinder, die schon nach ein paar Stunden todmüde ins Bett fallen und die Hälfte ihres kurzen Lebens damit vertun, es zu verschlafen«, sagte Daron trotzig.

»Aber irgendwann werden wir uns niederlegen und ausruhen müssen«, gab Sarwen zu bedenken.

Daron kannte seine Schwester gut genug, um zu wissen, worauf sie hinauswollte.

Sobald sie sich niederlegten und einschliefen, würde sehr wahrscheinlich die geistige Verbindung zu Rarax abreißen. Selbst, wenn sie nur abwechselnd schliefen, war die Gefahr groß, denn das Riesenfledertier entfernte sich offenbar zunehmend von ihnen. Und wenn die Verbindung einmal verloren war, gab es kaum noch eine Möglichkeit, sie wieder aufzunehmen.

Sie kämpften sich also weiter durch das dichte Gestrüpp.

Hin und wieder ritzten Dornen ihre Haut, aber diese kleinen Verletzungen waren mit ein paar Heilformeln schnell wieder geschlossen. Es bewährte sich auch, dass ihre Kleidung aus Elbenseide bestand. Das verhinderte nicht nur, dass Schmutz haften blieb, wenn sie sich zwischendurch mal hinsetzten oder strauchelten und auf dem schlammigen Boden ausglitten und hinfielen. Die Elbenseide war auch so reißfest, dass Dornen ihr nichts anhaben konnten.

»Andernfalls würden wir wohl schon in völlig zerrissenen Kleidern herumlaufen«, glaubte Sarwen.

So sehr sie sich auch hetzten – die Verbindung zu Rarax wurde immer schwächer und schwächer. Schließlich erreichten sie eine breite Schneise, die mitten durch die Büsche und Riesenschachtelhalme führte. Sie war doppelt so breit wie die Hauptstraße in Elbenhaven, die von der Burg zu den Anlegestellen am Hafen führte.

»Sieh mal – alles platt getrampelt!«, stellte Daron fest und deutete dabei auf den Boden. »Das war bestimmt eine Herde dieser Riesenmammuts!«

»Dann sollten wir uns hier vielleicht nicht lange aufhalten«, entgegnete Sarwen. »Wer weiß, ob die nicht noch mal zurückkommen.«

Aber Daron schüttelte den Kopf. »Nein, ich glaube, es ist schon länger her, dass die hier waren. Oder spürst du einen ihrer Geister?«

»Ich konzentriere mich vollkommen auf Rarax!«, erinnerte Sarwen. »Wenn ich noch auf irgendwelche Riesenmammuts achte, verliere ich ihn. Die Verbindung ist ohnehin schwach genug.«

Daron deutete auf ein paar Blumen, die zwischen den

platt getretenen Pflanzen emporgewachsen waren. Das war der Beweis. Die Riesenmammut-Herde musste tatsächlich schon vor längerer Zeit vorbeigezogen sein.

»Wenigstens kommen wir auf diesem Trampelpfad schneller voran«, sagte er. »Also beeilen wir uns!«

Sie folgten dem Trampelpfad. Immer wieder hörten sie seltsame Laute aus dem wild wuchernden Buschwerk zu beiden Seiten. Einmal erhob sich ein großer dunkler Vogel in die Luft, der aussah wie eine Krähe und so groß war wie ein Pferd. Offenbar hatten sie das Tier aufgeschreckt.

Daron versuchte den Geist des Krähenvogels zu erspüren, aber es gelang ihm nicht.

»Es könnte sein, dass es hier Geschöpfe gibt, auf die selbst unsere Magie keine Macht ausübt«, sandte ihm Sarwen einen Gedanken, der auch Daron schon gekommen war.

»Ja«, stimmte er laut zu. »Und leider können wir nicht hoffen, dass uns diese Geschöpfe alle freundlich gesonnen sind!«

Eine ganze Weile waren sie schon dem Trampelpfad der Riesenmammuts gefolgt und sahen dabei auch die gewaltigen, fast kreisrunden Fußspuren, die diese Giganten hinterließen.

Es war genauso, wie Lirandil es berichtet hatte.

»Aber jetzt ist mir auch klar, wieso es im Wilderland viel weniger Bäume gibt als im Waldreich«, meldete sich

Sarwen zu Wort. »Ist ja wirklich kein Wunder, wenn diese Gegend dauernd von Riesenmammut-Herden durchquert wird, die alles niedertrampeln. Bäume können bestimmt nicht so schnell nachwachsen wie Sträucher und Riesenschachtelhalme und ...«

Daron blieb plötzlich stehen.

»Still!«

Allein sein Gedanke reichte aus, um ihr sofort klarzumachen, dass etwas nicht stimmte.

Sie standen wie angewurzelt da und lauschten mit ihren feinen Elbenohren.

Da war ein schabendes Geräusch. Noch war es selbst für die beiden Elbenkinder kaum aus dem Chor der Tierstimmen und dem Rascheln der Pflanzen herauszuhören. Ganz leicht spürte Daron den Boden unter seinen Füßen vibrieren. So leicht, dass nur ein Elb es bemerken konnte. Er sah Sarwen an und wusste, dass es ihr auch schon aufgefallen war.

»Was ist das?«, fragte sie mit einem Gedanken voller Ratlosigkeit und Verwunderung.

»Ich weiß es nicht«, erwiderte Daron.

Keiner von ihnen hätte es noch gewagt, sich laut zu äußern. Daron spürte, dass sich das, was immer es auch sein mochte, näherte. Und zwar gleich aus mehreren Richtungen. Es kam aus der Tiefe der Erde, und das schabende Geräusch wurde immer deutlicher.

Dann sahen sie plötzlich, wie sich an einer Stelle der

Boden etwas anhob. Erde wurde emporgeworfen, als ob sich ein Maulwurf an die Erdoberfläche grub.

Aber dies war kein Maulwurf, sondern ein Wesen, das wie eine Schlange mit Flügeln aussah. Doch diese Flügel dienten keineswegs dazu zu fliegen. Es waren Grabwerkzeuge, mit denen sich die Kreatur durch das Erdreich wühlte. Aus welcher Tiefe dieses Wesen auch immer hervorgestiegen war, vermochten die Elbenkinder nicht zu sagen. Die Flügelschlange kroch halb aus der Erde, reckte den Kopf in die Höhe, stieß einen fauchenden Zischlaut aus, und eine gespaltene Zunge zuckte aus ihrem Maul.

Dann senkte sie den Kopf und tauchte wieder hinab in die Erde, wühlte sich durch die Schicht von halb vermoderten Pflanzenresten in den Boden und war im nächsten Moment verschwunden.

Dafür tauchten drei, vier, fünf weitere dieser Flügelschlangen aus der Tiefe empor und reckten ebenfalls die Köpfe, so als wollten sie nach geeigneter Beute Ausschau halten.

Und die hatten sie offenbar gefunden, denn sie schnellten auf Daron und Sarwen zu.

Dabei furchte jedes dieser Tiere wie ein Pflug durch den Boden, und das aufgeworfene Erdreich schoss, so schien es, auf die Elbenkinder zu.

»Verschwindet!«, rief Sarwen und rief eine mächtige Zauberformel, mit der es ihr für gewöhnlich gelang, einen sehr großen Teil ihrer Zauberkraft zu sammeln. Ihre Augen wurden schwarz, und sie richtete ihre Hände auf die sich nähernden Flügelschlangen.

Doch die Geister dieser Kreaturen waren ebenso schwer zu beeinflussen wie der große Krähenvogel, dem sie zuvor begegnet waren. Die Flügelschlangen stoppten jedoch kurz ihre Annäherung und tauchten noch einmal mit ihren wütend fauchenden Köpfen aus der Erde hervor. Lange Giftzähne ragten aus ihren Oberkiefern.

Immer mehr dieser Bestien erschienen am Boden und näherten sich. Die ersten hatten Daron und Sarwen fast erreicht.

Daron nahm seinen Dolch und hieb damit nach der ersten Flügelschlange. Er traf sie auch, wenn auch nicht besonders gut, aber er ritzte mit der Klinge ihren schuppigen Leib. Sie wich fauchend zu den anderen zurück, die noch zögerten.

»Das ist zu gefährlich, Daron!«, rief Sarwen.

»Aber Magie hilft nicht!«, gab der Elbenjunge zur Antwort und machte dabei einen schnellen Schritt nach vorn, wobei er nochmals die Dolchklinge durch die Luft sausen ließ. Die Flügelschlangen zuckten nach hinten.

»Was sollen wir jetzt tun?«, fragte Sarwen.

»Auf jeden Fall müssen wir unsere Angst vor ihnen verbergen!«, antwortete Daron mit einem Gedanken. *»Denn wenn sie merken, dass wir uns vor ihnen fürchten, werden sie alle auf einmal angreifen!«*

Daron täuschte noch einmal einen Angriff vor. Vielleicht

konnte er sich so bei den Biestern Respekt verschaffen. Diesmal sammelte er gleichzeitig seine magischen Kräfte. Die Seelen dieser Bestien konnte er kaum erreichen, sie ließen sich nicht beeinflussen wie andere niedere Tiere. Aber es ging auch anders.

Seine Augen waren wieder vollkommen von Schwärze erfüllt. Und in dem Moment, da er mit dem Dolch erneut nach einer Flügelschlange schlug, zuckte ein schwarzer Blitz aus seiner Messerhand, wurde durch die Dolchklinge weitergeleitet und traf die Flügelschlange. Mit einem schrillen, erschrockenen Laut fuhr sie zurück und drehte sich dabei um die eigene Achse, während der dunkle Blitz noch immer um ihren Körper zuckte.

Völlig entkräftet und nach Luft schnappend blieb sie schließlich auf dem Boden liegen.

Mindestens hundert Flügelschlangen hatten sich inzwischen versammelt, und sie schienen nur darauf gewartet zu haben, sich auf die beiden Elbenkinder zu stürzen, doch auf einmal wurden sie vorsichtiger.

Keine von ihnen wagte sich zunächst näher an die vermeintliche Beute heran. Stattdessen hoben sie ihre Köpfe und starrten Daron an.

»Wenn sie sich alle auf einmal auf uns stürzen, sind wir verloren!«, empfing er Sarwens Gedanken.

»Ich weiß«, gab er zurück. *»Vielleicht haben wir aber auch genug Zeit um wegzurennen!«*

»Und wohin?«, fragte sie laut.

Daron sah sich kurz um. Seine Augen behielten dabei ihre vollkommene Dunkelheit. *»Zu dem verkrüppelten Baum dort vorne!«*

»Sollen wir jetzt rennen?«

Er überlegte nur einen kurzen Moment. *»Ja.«*

»Wann?«

»Jetzt!«, rief er.

Sie rannten los.

Die Flügelschlangen zögerten zuerst, dann waren ihr Hunger und ihr Jagdfieber wohl stärker als alle Vorsicht. Sie wühlten sich mit einer Geschwindigkeit voran, die man ihnen kaum zutraute. Die Erde spritzte regelrecht in die Höhe. Ihr fauchender Atem klang den beiden Elbenkindern in den Ohren. Sie erreichten den verkrüppelten Baum. Er war in zwei mächtige, schräg in den Himmel wachsende Stämme gespalten.

Daron und Sarwen griffen nach den Ranken, die von dem Baum herabhingen und kletterten empor. Nur Augenblicke später hatten die ersten Flügelschlangen den Baum ebenfalls erreicht.

Sie sprangen empor, versuchten an der Rinde des Baumes Halt zu finden, aber ihre Grabflügel waren dazu nicht geeignet. Außerdem quoll aus der Rinde ein glitschiger Harz, der ihnen das Vorhaben noch erschwerte.

Sarwen atmete laut auf, als eine der Bestien bereits ein ganzes Stück den Stamm emporgeschlängelt war, dann aber abrutschte und zu Boden plumpste.

»Woher wusstest du, dass sie diesen Baum nicht erklettern können?«, fragte ihr Gedanke.

»Das wusste ich nicht«, antwortete Daron. *»Ich habe gehofft, dass wir es immer nur mit ein oder zwei dieser Biester zu tun haben werden, wenn sie auf dem Baum sind, weil sie uns ja dann nicht von allen Seiten angreifen können.«*

Immer zahlreicher wurden die Flügelschlangen, die sich um den Baum scharten. Sie kamen an vielen Stellen aus dem Erdreich. Ihr Fauchen und Zischen schmerzte den beiden Elbenkindern in den Ohren.

Mehrere versuchten, den Stamm emporzukriechen, aber sie behinderten sich gegenseitig und rutschten wieder ab.

»Daron!«, rief Sarwen plötzlich.

»Was ist?«

»Ich habe die Verbindung zu Rarax verloren!«

Daron schluckte. Er hatte es Sarwen überlassen, den geistigen Kontakt zu dem Riesenfledertier zu halten, als er mit der Abwehr der Flügelschlangen beschäftigt gewesen war. Er versuchte, Rarax Geist nachzuspüren. Aber da war nichts. Rarax schien auf und davon zu sein.

»Er ist weg, Sarwen«, stellte er fest. Die Gedanken rasten ihm nur so durch den Kopf. Wie sollten sie nun zurück nach Elbenhaven gelangen?

Da fühlten Darons empfindliche Elbensinne plötzlich eine Erschütterung, die sich aus einiger Entfernung über den Boden übertrug und auch den Baum erfasste.

»Wessen Füße mögen es sein, die derart aufstampfen?«, fragte sich Daron, doch der Gedanke war zugleich an Sarwen gewandt. Sie hatte es natürlich auch bemerkt.

»Ein Riesenmammut?«

»Nein, bei einem vierfüßigen Tier wäre der Rhythmus anders«, widersprach Daron. »Diese Kreatur hat nur zwei Beine.«

Die Erschütterungen wurden deutlicher. Auch die Flügelschlangen bemerkten sie, und in ihr Fauchen mischten sich schrille, verwundert klingende Laute. Die ersten der Reptilbestien zogen sich bereits von dem Baum zurück und gruben sich in die Erde ein. Der Bereich um den Baum glich einem umgepflügten Acker.

Ein Schwarm kleinerer Vögel wurde aufgescheucht und flatterte wild auf.

Und auf einmal hob sich ein dunkler Schatten gegen die Sonne ab. Ein ohrenbetäubender krächzender Laut war zu hören, und den beiden Elbenkindern gelang es gerade noch, ihr Gehör rechtzeitig dagegen abzuschirmen, um nicht taub zu werden.

Ein gewaltiger, hausgroßer Vogel lief auf seinen Krallenfüßen in langsamen, wiegenden Schritten den Trampelpfad der Riesenmammuts entlang. Dabei blieb er immer wieder stehen, stieß seinen langen, gebogenen Schnabel in das Erdreich und pickte dabei – wenn er Glück hatte – die eine oder andere Flügelschlange heraus, die er dann mit einem schmatzenden Laut verschlang.

Der Riesenvogel hatte nur verkümmerte Flügel, und wahrscheinlich wäre sein Körper auch viel zu schwer gewesen, um sich in die Lüfte zu erheben.

»Er hat einen starken Geist!«, stellte Sarwen fest. *»Wir werden ihn nicht so einfach beeinflussen können!«*

Daron hatte das inzwischen auch schon festgestellt. *»Dann können wir nur hoffen, dass er in seinem Appetit etwas wählerisch ist und sich ausschließlich auf Flügelschlangen spezialisiert hat!«*, sandte er an Sarwen.

Die beiden starrten dem Monstrum entgegen und verharrten regungslos auf dem Baum.

Im Moment schien der Riesenvogel von ihnen allerdings noch keine Notiz genommen zu haben. Zu verlockend war wohl das Nahrungsangebot vor ihm auf dem Boden, wo Hunderte von Flügelschlangen eilig versuchten, sich wieder in den Boden einzugraben.

Aber der Vogel war schnell. Sein Schnabel war so lang wie eine Lanze. Immer wieder stach er damit tief in den Boden, und man hörte so manche Flügelschlange ein letztes Mal verzweifelt fauchen, bevor das geflügelte Ungetüm sie hinunterwürgte.

Mit staksigen, plumpen Schritten näherte er sich und pickte immer schneller hinein in die Erde. Er wusste genau, dass sich die Flügelschlangen in Kürze wieder verzogen haben würden. Tatsächlich dauerte es nicht lange, und auch die letzten dieser Viecher hatten sich so tief eingegraben, dass der Vogel sie selbst mit seinem langen

Schnabel nicht mehr erreichen konnte. Die anderen hatten sich davongemacht.

Der Vogel ließ noch ein paar wütende Krächzlaute vernehmen, dann stampfte er mit dem rechten Krallenfuß auf dem Boden auf, dass der Baum, auf dem Sarwen und Daron saßen, erzitterte.

Der Vogel näherte sich dem Baum.

Seine Augen lagen weit auseinander. Er musste immer den Kopf schief halten, wenn er nach vorne sehen wollte.

»Geh weg!«, dachte Daron.

Aber der Vogel reagierte nicht.

»Es hat keinen Sinn. Setz besser keine Magie ein, wir würden ihn, glaube ich, nur ärgerlich machen!«, vermutete Sarwen.

Aber Daron hatte das Gefühl, dass der Vogel bereits auch so schon verärgert genug war, denn er hätte sicherlich gern noch mehr von den Flügelschlangen gefressen.

Er erreichte den Baum, hob den Kopf, sein Schnabel öffnete sich, und es sah fast aus, als ob er gähnen müsste. Daron umfasste den Griff seines Dolchs. Notfalls war er bereit, dem Riesenvogel die Waffe entgegenzuschleudern. Doch wirklich aufhalten würde das den Vogel wahrscheinlich nicht, dafür war er zu groß.

»Geh!«

Diesmal dachten Daron und Sarwen diesen Gedanken im selben Moment. Aber der Vogel ließ nicht erkennen, dass er ihn verstanden hatte. Ein Krächzen drang tief aus seiner Kehle. Er kratzte mit dem Schnabel über den Baumstamm und schlürfte von dem glitschigen Harz.

Dann drehte er sich um und wandte Daron und Sarwen seine Rückseite zu, und im nächsten Moment schabte er sein Hinterteil am Baum. Offenbar juckte ihn etwas in seinem Federkleid.

Und schließlich stakste er davon und lief ziemlich schnell den Trampelpfad der Riesenmammuts entlang. Aus der Ferne waren die Rufe weiterer Riesenvögel zu hören, denen er antwortete.

Die Nacht der Schrecken

Daron und Sarwen stiegen von dem Baum. Der Harz haftete zum Glück nicht an ihrer Kleidung aus Elbenseide, sondern ließ sich einfach abstreichen, sofern die beiden Elbenkinder etwas davon abbekommen hatten.

»Wohin gehen wir jetzt?«, fragte Sarwen. »Rarax haben wir verloren. Wir wissen nicht, wohin er geflogen ist, und es hat wohl auch keinen Sinn mehr, ihn suchen zu wollen.«

»Und dass es eine gute Idee war, dem Trampelpfad der Riesenmammuts zu folgen, bezweifle ich inzwischen auch«, gab Daron zu.

Sarwen nicke. »Da sind wohl andere Geschöpfe auf den gleichen Gedanken gekommen …«

»Ja, und den meisten davon möchten wir wohl lieber nicht begegnen.«

»Wenn wir genau hinhören und besser auf die Grabgeräusche der Flügelschlangen achten, müssten wir ihnen ausweichen können«, war Sarwen zuversichtlich. »Die

Frage ist nur: In welche Richtung sollen wir gehen? Wir wissen doch gar nicht, wohin wir uns wenden sollen.«

»Wir müssen natürlich zum Fluss Nor. Dahinter liegt das Waldreich. Du hast es ja gesehen, als wir es überflogen haben. Wenn wir Glück haben, treffen wir im Waldreich ein paar freundliche Zentauren, die uns mitnehmen. Und dann muss man eben weitersehen. Dies ist nun mal keine wohlorganisierte Reise, bei der unser königlicher Großvater dafür gesorgt hat, dass alles reibungslos ablaufen wird.«

»Und woher willst du wissen, wo der Fluss liegt?«

»Wenn wir Richtung Westen gehen, können wir ihn nicht verfehlen. Und die Himmelsrichtung können wir anhand der Sonne ausmachen. Lirandil hat mir das gezeigt.«

»Und wie kommen wir über den Fluss?«, hakte Sarwen nach.

Daron zuckte mit den Schultern. »Ich weiß es nicht. Aber vielleicht gibt es eine seichte Stelle, oder es gelingt uns, ein Floß zu bauen. Oder wir gehen so weit flussaufwärts, bis der Nor schmaler wird und es Brücken gibt.«

»Bist du sicher, dass es in diesem Land überhaupt Brücken gibt?«, fragte Sarwen.

»Nein«, musste Daron zugeben, »das bin ich nicht.«

Sie gingen, wie Daron es bestimmt hatte, nach Westen, um den Fluss Nor zu erreichen. Nach Darons Meinung konnte er nicht weit entfernt sein. Aber da sie nicht mehr dem Trampelpfad der Riesenmammuts folgten, kamen sie nur langsam voran.

Dazu kam, dass die Sonne mitunter von dichten Wolken verdeckt wurde und es schwer war, die Richtung genau zu bestimmen.

Mehrfach hörten sie das unterirdische Kratzen und Schaben der Flügelschlangen. Dann machten sie einen großen Bogen um das Gebiet, aus dem diese feinen, nur für Elbenohren vernehmbare Geräusche kamen. So gelang es ihnen, eine weitere Begegnung mit den Bestien aus der Tiefe zu vermeiden.

Auch gewöhnten sie sich einen vorsichtigeren Gang an, um nicht unnötig kleinere Vögel und anderes Getier aufzuscheuchen, denn damit machten sie nur unnötig Geschöpfe auf sich aufmerksam, die ihnen vielleicht nicht freundlich gesonnen waren oder in ihnen nichts anderes als eine willkommene Abwechslung auf ihrem Speiseplan sahen.

Gegen Abend hörten Sarwens feine Elbenohren schließlich das Rauschen von Wasser. Das konnte nur der Nor sein.

»Na endlich!«, dachte Daron. *»Ich glaubte schon, wir hätten uns völlig verlaufen! Scheint ja doch für etwas gut gewesen zu sein, dass ich den Erzählungen von Lirandil immer aufmerksam gelauscht habe.«*

»Das kann ich leider von mir nicht behaupten«, sagte

Sarwen laut. »Diese Geschichten über irgendwelche Reisen in unbekannte Länder haben mich nie sehr interessiert. Ich habe ehrlich gesagt immer gedacht, dass sich dieser alte Fährtensucher nur bei unserem Großvater damit wichtig machen wollte.«

Noch bevor die Sonne versank, erreichten sie den Fluss, der so reißend war, dass man gar nicht daran denken konnte, ihn einfach so zu überqueren. Eine seichte Stelle zu finden, an dem man ihn ganz durchschreiten konnte, war ziemlich unwahrscheinlich. Dazu kam noch, dass der Nor sehr breit war.

In der Ufergegend befand sich eine Blumenwiese. Unzählige Insekten schwirrten um die Blütenkelche, und Sarwen hatte eine Weile Freude daran, diese Insekten zu beeinflussen und sie wild durcheinander tanzen zu lassen.

»Erinnerst du dich? Das haben wir schon getan, als wir ganz klein waren und unsere Eltern noch lebten!«, sandte sie einen Gedanken an Daron.

Aber Daron wollte sich in diesem Augenblick nicht an früher erinnern. Er blickte sich um. Auf der Wasseroberfläche des Flusses hatten sich bereits erste Nebelschwaden gebildet. Nebel stieg auch schon aus den Wiesen am Flussufer auf.

»Jetzt wissen wir wenigstens, wo wir sind«, stellte Daron fest. »Wie wär's, wenn wir uns hier irgendwo ein Lagerfeuer für die Nacht machen, das uns vor den wilden Tieren schützt?«

Sarwen war einverstanden. »Meinetwegen.«

Unterwegs hatten sie ein paar Beeren gesammelt, von denen sie glaubten, dass man sie gefahrlos essen konnte.

»Wenn es nur eine leichte Vergiftung ist, bekommen wir das mit einem einfachen Heilzauber wieder hin«, sagte Sarwen beruhigend.

»Na ja, darauf anlegen müssen wir es aber auch nicht«, gab Daron zurück.

Das Holz der Sträucher, die in Ufernähe wuchsen, war durch einen Brandzauber nur schlecht entflammbar und machte vor allem dunklen Rauch, der in der Nase und im Hals kitzelte und Daron zu einem Hustenanfall reizte. Also versuchten sie es mit einigen der Pilze, die sich ebenfalls in der Nähe des Flussufers fanden. Sie waren sehr groß, und manche von ihnen reichten Daron und Sarwen bis zu den Knien. Daron schnitt mit seinem Dolch ein Stück aus einem der Pilze heraus, das wie Zunder brannte.

Sarwen tat noch etwas Gras und Gestrüpp dazu, und so hatten sie vor Einbruch der Dämmerung ein Lagerfeuer. Um es in der Nacht warm zu haben, hätten sie das Feuer nicht unbedingt gebraucht, auch wenn sie beide schon gemerkt hatten, dass sie gegen Kälte doch zumindest ein bisschen empfindlicher waren als andere Elben. Das lag wohl am Erbe ihrer menschlichen Mutter. Die Heilerin Nathranwen hatte ihnen einmal erzählt, dass ihre Mutter im Winter täglich den Kamin angezündet hätte. Für Elben war das unvorstellbar.

Dieses Lagerfeuer diente allerdings in erster Linie dazu, wilde Tiere und andere gefährliche Kreaturen fernzuhalten.

Lirandil hatte berichtet, dass fast alle Geschöpfe des Zwischenlandes das Feuer fürchteten, selbst diejenigen, die es selbst beherrschten wie etwa die Menschen.

»Ob Großvater wohl jetzt an uns denkt?«, fragte Sarwen irgendwann in die Stille hinein, als das Feuer prasselte und sie sich die Beeren teilten, die sie unterwegs gesammelt hatten.

»Sicher wird er das«, meinte Daron.

»Aber warum spüren wir dann nichts davon? Sind unsere Elbensinne vielleicht schwächer, weil unsere Mutter eine Menschenfrau war?«

»Nein, das glaube ich nicht. Unsere Magie ist ja sogar stärker als bei anderen Elben. Und wir beide können die Gedanken des anderen verstehen. Ich denke, es liegt einfach an der großen Entfernung. Und wer weiß, vielleicht hat Großvater schon längst gespürt, wo wir sind, und rüstet bereits eine Expedition aus, die uns retten wird.«

»Oder hier ist irgendetwas, das die Magie und vielleicht auch unsere Elbensinne schwächer macht«, vermutete Sarwen.

»Was sollte das sein?«

Sie zuckte mit den Schultern. »Ich weiß es nicht. Dies

ist ein so seltsames Land, in dem Geschöpfe wohnen, die anderswo längst ausgestorben sind.«

»Lass uns abwechselnd etwas schlafen, damit wir morgen ausgeruht sind«, schlug Daron vor und gähnte. Sie hatten ihre Magie an diesem Tag sehr oft einsetzen müssen, und das zehrte auch an den Kräften der Elbenkinder.

»Du kannst gern zuerst schlafen«, sagte Sarwen. »Ich bin noch nicht sehr müde, und außerdem gehen mir so viele Gedanken durch den Kopf.«

»Wir werden schon eine Möglichkeit finden, nach Elbenhaven zurückzukehren«, zeigte sich Daron optimistisch. »Wenn wir dem Nor flussabwärts folgen, müssten wir eigentlich irgendwann das Herzogtum Noram erreichen, das unser Großvater einst zur Abwehr der wilden Trorks gründete. Dort leben auch Elben, und die werden uns sicher bei der Rückkehr helfen.«

»Und wie weit könnte es bis dorthin sein?«

»Sehr weit. Aber wenn wir dem Fluss folgen, kennen wir zumindest die Richtung. Und vielleicht gibt es ja doch noch irgendwo eine Möglichkeit, den Nor zu überqueren und ins Waldreich zu gelangen. Wer weiß?«

»Aber es läuft doch wohl auf jeden Fall darauf hinaus, dass wir noch ziemlich lange in diesem wilden Land bleiben werden.«

»Ja«, bestätigte Daron. »Das ist wohl nicht zu ändern.«

Daron schlief bald darauf ein, aber sein Schlaf war sehr unruhig. In seinen Träumen befand er sich wieder auf Burg Elbenhaven, doch er war unsichtbar, und niemand konnte ihn hören. Er versuchte, König Keandir und der Heilerin Nathranwen davon zu erzählen, was mit ihnen geschehen war, aber sie registrierten nicht einmal seine Anwesenheit. Gleiches galt für Lirandil den Fährtensucher. Dass Waffenmeister Thamandor seine Gedanken nicht auffangen konnte, wunderte Daron nicht einmal in seinem Traum, denn schließlich war einer der Gründe dafür, dass Thamandor ein Erfinder geworden war, der Umstand, dass er für Elbenverhältnisse magisch sehr unbegabt war. Deswegen war er gezwungen, Maschinen zu erfinden, die das vollbringen konnten, was andere Elben mit Hilfe von Zauber und Magie zuwege brachten.

Daron war beinahe froh, als Sarwen ihn schließlich weckte.

Es war dunkle Nacht.

Sie brauchte kein Wort zu sagen. *»Du bist dran!«*, dachte sie, und Daron atmete tief durch, setzte sich auf, dann murmelte er eine Zauberformel vor sich hin, die dazu diente, die Erinnerung an schlechte Träume zu vertreiben. Die Heilerin Nathranwen hatte ihnen diese Formel beigebracht, und da Daron sie benutzte, wusste Sarwen auch gleich, was mit ihrem Bruder los war.

»Am besten, ich spreche diese Formel schon jetzt, bevor ich die Augen schließe«, sandte sie ihm.

»Ich hätte von Anfang an daran denken sollen«, antwortete Daron.

Sarwen legte sich hin, und Daron tat noch ein paar Brocken des Brennpilzes ins Feuer. Mit einem weiteren Zauber sorgte er dafür, dass die Flammen nicht zu hoch aufloderten und die Pilzstücke nicht zu schnell wegbrannten, denn er wollte nicht dauernd Brennmaterial nachlegen müssen.

Anschließend saß er da und starrte in die Dunkelheit.

Der Mond war nur als schwach leuchtender Lichtfleck am Himmel zu sehen. Eine Decke aus dichten Wolken war aufgezogen und verdeckte die Sterne. Und über dem Fluss wallten grauweiß schimmernde Nebelschwaden. Sie wirkten wie ein großes vielarmiges Ungeheuer, dessen Arme bis ans Ufer reichten.

Daron lauschte dem Chor der Geräusche. Es raschelte und knackte. Hier und dort gingen Nachtvögel auf die Jagd nach Kleingetier. Die Schatten ihrer Flügel huschten durch die Dunkelheit, und hin und wieder waren krächzende Schreie zu hören und bisweilen auch das Scharren von Flügelschlangen in der Erde.

Daron sah Sarwen zu, wie sie schlief. Dabei murmelte er einen kurzen Zauber, um sie auch ganz sicher vor dem Traum zu bewahren, den er gehabt hatte. Dann hing er seinen Gedanken nach. Was sollten sie als Nächstes tun? Ein Floß bauen und über den Fluss ins Waldreich übersetzen, in der Hoffnung, auf Zentauren zu treffen? Aber der Fluss war so reißend, dass dies wahrscheinlich völlig unmöglich war. Wahrscheinlich führte der Fluss in einer anderen Jahreszeit weniger Wasser, und es gab dann sogar seichte Stellen. Aber so lange zu warten kam nicht in Frage.

Und sich einfach flussabwärts treiben lassen, bis nach Noram? Dagegen sprach, dass der Weg über Noram noch viel weiter war, und außerdem hatte Daron nicht die geringste Ahnung, wie weit sie sich stromabwärts treiben lassen mussten.

Das Beste wäre es gewesen, wenn sie Rarax wieder hätten einfangen können, aber der war genau in die entgegengesetzte Richtung geflogen, ging es ihm durch den Kopf. Flussaufwärts, nach Süden.

Während er am Feuer saß und grübelte, hörte er plötzlich eine Gedankenstimme in seinem Kopf. Sie war ähnlich deutlich wie die Gedankenstimme von Sarwen, mit der er so oft auf diese Weise in Verbindung stand.

Er blickte auf.

»Steh auf!«, sagte die Stimme, und Daron blickte sich um, weil er den Verursacher der Gedankenstimme entdecken wollte. Welche Kreatur war es, die da mit ihm auf diese Weise in Verbindung zu treten versuchte?

»Steh auf und komm her!«

Daron tat, was die Gedankenstimme von ihm verlangte. Er ging ans Ufer, wo das Wasser gegen die Böschung plätscherte. Es war rutschig. Daron hielt sich an einer Wurzel fest, und dann fiel ihm plötzlich ein, dass er über ein Problem noch gar nicht genug nachgedacht hatte: Es gab wenig Holz im Wilderland, das sich dazu eignete, ein Floß zu bauen. Die wenigen Bäume hatten verwachsene Stämme.

»Es gibt einen kürzeren Weg für euch!«, flüsterten ihm die fremden Gedanken ein. *»Du brauchst nur zu tun, was ich dir sage!«*

Er wollte Sarwens Namen rufen, aber aus irgendeinem Grund konnte er es nicht. Er war nicht einmal in der Lage, ihr einen intensiven Gedanken zu senden, um sie zu wecken.

»Vertrau mir ...«, wisperte die Gedankenstimme.

»Wer bist du?«, fragte Daron.

Da formte sich im Nebel auf dem Fluss ein grau schimmerndes Gesicht, das ihm entgegenlächelte. Doch die beiden Augen sahen ihn auf eine Weise an, die ihm nicht gefiel. Er wollte zurückweichen, doch seine Füße waren wie am Boden festgewachsen. Das Gesicht veränderte sich. Ein Mund wurde größer und erschien dem Elbenjungen schließlich wie ein Tor, hinter dem Lichter schimmerten.

Daron glaubte seinen Augen nicht trauen zu dürfen. Es waren die Lichter von Elbenhaven, die er sah. Die Umrisse der Burg waren deutlich auszumachen, und im Hintergrund ragte der Elbenturm empor.

Währenddessen kroch der Nebel bis zum Ufer und verwandelte sich scheinbar in einen festen Steg.

»Nun geh!«, forderte das Nebelgesicht den Elbenjungen auf.

Endlich gelang es Daron, den Namen seiner Schwester über die Lippen zu bringen: »Sarwen!«

»Sie wird dir folgen. Geh schon, ehe sich das Tor schließt. Selbst wenn nur einer von euch rechtzeitig hindurchkommt, gereicht euch das beide zum Vorteil, denn derjenige, der es geschafft hat, wird dafür sorgen, das der jeweils andere gerettet wird …«

Daron versuchte sich umzudrehen. Doch es gelang ihm nicht, so sehr er sich auch bemühte.

Da flog auf einmal ein brennendes Stück des Pilzes, der im Feuer gelegen hatte, über das Wasser und landete genau im Tor, das sich daraufhin auflöste. Im nächsten Augenblick war dort wieder nur Nebel. Daron spürte, wie er rutschte. Seine Stiefel platschten ins Wasser. Er hielt sich an Wurzeln und Sträuchern am Ufer fest und zog sich wieder hoch.

»Hinweg mit dir, du Nebelgeist!«, hörte er Sarwen rufen. Sie ließ noch eine starke Beschwörungsformel folgen und richtete die Hände in jene Richtung, wo gerade noch das Tor im Nebel gewesen war.

Daron kletterte die Böschung empor.

»Ein Nebelgeist?«, wandte er sich fragend an Sarwen.

»Er hätte dich ertrinken lassen«, erklärte seine Schwester schwer atmend. »Nur auf deine magische Kraft hatte er es abgesehen. Du hast großes Glück gehabt.«

Allmählich begriff Daron. Die Heilerin Nathranwen hatte ihnen früher mal von den Nebelgeistern erzählt, aber weder Daron noch Sarwen waren je zuvor einem dieser Wesen begegnet. Sie zeigten einem Trugbilder von Dingen, die man sich sehr wünschte. In Wahrheit war ihr einziges Ziel, demjenigen, der sich von ihren Bildern in den Bann schlagen ließ, die Lebenskraft zu stehlen. Besonders gern suchten sie sich Magiebegabte als Opfer aus, um noch zusätzlich deren magische Kräfte in sich aufzunehmen.

»Wie kommt es, dass du wach geworden bist?«, fragte Daron.

»Ich wusste einfach plötzlich, dass etwas nicht in Ordnung war«, antwortete sie. »Vielleicht war es ein Gedanke von dir.«

»Dann habe ich wohl großes Glück gehabt«, stellte Daron fest.

Sarwen nickte. »Nathranwen hat immer erzählt, dass man selbst sich von einem Nebelgeist nicht befreien kann, wenn man erst mal in seinen Bann geraten ist.«

Daron konnte dies nur bestätigen. »Ich habe versucht, mich davon loszureißen, aber es ging nicht.«

»Ich weiß«, sagte Sarwen.

Daron setzte sich hin und zog sich die Stiefel aus. Sie waren voller Wasser. Aber wenn er sie ans Feuer stellte, würden sie am Morgen gewiss wieder trocken sein, denn die Stiefel der Elben wurden mit besonderen Fetten behandelt, die dafür sorgten, dass sie sich nicht mit Feuchtigkeit vollsogen.

Wilde Trorks

Während der restlichen Nacht schliefen sie nicht mehr. Sie harrten am Feuer aus und warteten darauf, dass es wieder hell wurde. Zu groß war ihre Angst, dass einer von ihnen doch noch dem Bann eines Nebelgeistes erlag, wenn der andere schlief.

»Einmal haben wir Glück gehabt, aber wir sollten das Schicksal nicht herausfordern«, meinte Sarwen.

»Sind es nicht letztlich unsere eigene Wünsche, die die Nebelgeister erst mächtig machen?«, fragte Daron.

»Natürlich.« Sarwen nickte. »Aber was sollen wir gegen diese Wünsche tun? Es ist doch ganz normal, dass wir so schnell wie möglich nach Elbenhaven zurückkehren wollen.«

Sie hätten natürlich das Flussufer verlassen und sich wieder zurück in das Gestrüpp aus Riesenschachtelhalmen und Büschen aller Art begeben können. Aber das erschien ihnen noch gefährlicher als die Bedrohung durch einen Nebelgeist.

Einmal näherten sich ein paar Flügelschlangen ihrem Feuer bis auf zehn Schritte. Sie gruben sich aus der feuchten Erde des Uferbereichs und streckten ihre Köpfe empor.

»Verschwindet!«, sandte Sarwen ihnen einen ärgerlichen Gedanken, und ihre Augen wurde ganz schwarz dabei. Aber die Flügelschlangen schienen nicht sehr beeindruckt. Sie wichen zwar zunächst etwas zurück, gruben sich wieder in die Erde, doch dann versuchten sie es erneut.

»Die sind hartnäckig«, sagte Daron.

Sarwen sah ihn an und sandte ihm einen Gedanken: *»Lass uns denken und nicht reden. Gedanken locken nicht so viel Getier an wie Worte!«*

Daron atmete tief durch. *»Meinetwegen.«*

Sarwen hatte einen Vorschlag. *»Versuchen wir, die Biester mit vereinten Kräften zu vertreiben. Ein richtig böser, übler Gedanke, in den wir viel magische Kraft hineinlegen, sollte sie verjagen. Wir müssen nur im selben Moment unsere Kräfte konzentrieren.«*

Aber Daron schüttelte den Kopf. *»Das können wir leichter haben.«*

»Ach ja?«

Daron beugte sich zum Feuer vor und stocherte mit seinem Dolch darin herum. Schließlich war es ihm gelungen, ein Stück des brennenden Pilzes abzuschneiden. Das spießte er mit der langen Klinge auf. Die besonderen Eigenschaften des Elbenstahls, aus dem sie bestand, sorgte dafür, dass die Klinge nicht rußig wurde.

Daron schleuderte den Flügelschlangen das brennende Pilzstück entgegen. Während seines kurzen Fluges zerbröselte es, und die einzelnen Stücke glühten in der Nacht und regneten auf die Flügelschlangen nieder wie ein Kometenregen. Dabei murmelte Daron den stärksten Brandzauber, den er kannte, sodass jedes einzelne Stück, und mochte es noch so klein sein, explosionsartig aufflammte.

Daraufhin stoben die Flügelschlangen davon. Sie krochen in aller Eile über den Boden, verbargen sich im dichten Gras oder zwischen den Sträuchern und gruben sich so schnell sie konnten ein. Nur Augenblicke später waren sie alle verschwunden.

Daron und Sarwen lauschten. Eine Weile konnten ihre empfindlichen Elbenohren noch die Grabgeräusche hören. Aber diese wurden schwächer und schwächer, was Daron und Sarwen schließlich aufatmen ließ.

Die glühenden Stücke des Brennpilzes entzündeten einen Strauch. Dessen feuchte Zweige und Blätter knisterten heftig, und dunkler Rauch stieg auf. Sarwen murmelte eine magische Formel, die angewendet wurde, um einen Feuerschaden abzumildern. Einen großen Brand konnte man damit nicht löschen, aber ein kleineres Missgeschick wie dieses ließ sich so aus der Welt schaffen. Die Flammen erstarben.

»Ich hoffe, jetzt lässt man uns endlich in Ruhe«, dachte Sarwen, doch es dauerte eine ganze Weile, bis ihre Augen die schwarze Färbung verloren.

Als die ersten Strahlen der Morgensonne durch die Baumwipfel auf der gegenüberliegenden Seite des Flusses Nor schienen, standen sie auf und löschten ihr Lagerfeuer.

Inzwischen hatte Daron seine Schwester davon überzeugt, dass es das Beste war, einfach dem Fluss zu folgen, auch wenn niemand von ihnen sagen konnte, wie weit sie dann noch zu gehen hatten, ehe sie in Noram schließlich auf andere Elben treffen würden – vorausgesetzt, sie kamen überhaupt so weit und wurden nicht unterwegs doch noch von Flügelschlangen angefallen oder von umherziehenden Riesenmammuts einfach niedergetrampelt.

Sie brachen auf und gingen über die Wiese an der Uferböschung. Sie war von Blumen bedeckt, die in allen erdenklichen Farben blühten, und überall war das Summen von Insekten zu hören, die sich an ihren Blütenkelchen labten.

Nachdem sie schon eine ganze Weile am Fluss entlangmarschiert waren, blieb Daron plötzlich stehen.

»Was ist?«, fragte Sarwen verwundert.

»Hörst du das auch?«

»Keine Ahnung, was du meinst. Die Grabgeräusche der Flügelschlangen? Die halten offenbar Abstand, denn das Geräusch ist einigermaßen weit entfernt. Oder das Summen der Insekten? Letzteres würde ja sogar ein Mensch hören, so aufdringlich ist das!«

Es gab nicht viele Wesen, die ein noch schlechteres Gehör hatten als die Menschen, und Sarwen hatte in jüngeren Jahren immer befürchtet, dass sich ihr menschliches Erbe irgendwann doch noch durchsetzen und sie so taub und blind werden würde, wie die bedauernswerten Menschen es nun mal waren. Ihre Mutter war schließlich menschlicher Herkunft gewesen. Bislang hatte sich diese Befürchtung jedoch nicht erfüllt, weder bei Daron noch bei Sarwen.

»Ich meine etwas anderes«, stellte Daron klar. *»Da ist noch was, dass man kaum wahrnehmen kann, nur manchmal. Achte mal darauf!«*

»Dieses Land ist so voll von Getier, da können wir unmöglich auf alle Geschöpfe achten, die hier kreuchen und fleuchen«, meinte seine Schwester.

»Aber auf diese sollten wir achten!«, fand Daron. *»Sie nähern sich nämlich von fast allen Seiten!«*

Daron blickte zum Fluss. Die einzige Richtung, aus der sich das Geräusch, das er vernahm, nicht näherte, war der Nor.

»Jetzt höre ich es auch«, meldeten sich Sarwens Gedanken. Die beiden Kinder sahen sich kurz an und erschraken bis ins Mark. *»Es sind die Schritte eines sehr großen Vierbeiners, und er läuft immer schneller auf uns zu!«*

Daron nickte leicht. *»Und hinter ihm rennt eine größere Anzahl von sehr schweren Zweibeinern!«*

»Also weg hier!«

Sie liefen einfach los, obwohl zumindest die Geräusche der Zweibeiner aus allen Richtungen kamen und sie ihnen gar nicht entkommen konnten. Ein lautes Brüllen dröhnte auf einmal. Die Töne waren so tief, dass sie die Erde leicht erzittern ließen und ein drückendes Gefühl im Magen verursachten.

In den Augenwinkeln sah Daron von der Seite her einen riesenhaften Schatten auftauchen, der größer als die meisten Häuser in Elbenhaven war. Gleichzeitig knackte es zwischen den dicht wuchernden Pflanzen am Rand der Wiese, und die Riesenschachtelhalme wurden überall umgeknickt.

»Dorthin!«, rief Daron laut und deutete auf eine Ansammlung dichter Büsche, doch wären seine Worte nicht von einem sehr starken Gedanken begleitet worden, hätte Sarwen ihn gar nicht verstehen können, so laut war es plötzlich.

Sie versteckten sich in den Büschen, und dann ließ sie ein trompetenartiges Geräusch erschrocken zusammenzucken.

»Was war das denn?«, fragte Sarwen.

»Ich konnte es nicht genau sehen, aber es sah aus wie ein Riesenmammut«, antwortete Daron. Das Herz schlug beiden bis in den Hals.

Der Boden erzitterte unter stampfenden Schritten, und immer wieder erklang der trompetenstoßartige Laut, so durchdringend, dass die beiden Elbenkinder für ein paar Augenblicke dachten, dadurch taub zu werden. Daron hielt sich die Ohren zu, aber selbst das konnte vor einem so furchtbaren Lärm kaum schützen. Also murmelte er schnell eine magische Formel, die seine Ohren unempfindlicher machte.

Sie warteten angsterfüllt ab und sahen dann das Riesenmammut mit stampfenden Schritten auf den Fluss zulaufen.

Gleichzeitig drangen von überall her zottelige Gestalten aus den Büschen, die laut schrien. Sie waren etwa ein Drittel größer als selbst der größte Elb. Ihre Kleidung bestand aus Fellen, und sie waren mit Keulen und Steinäxten bewaffnet, mit denen sie wild herumfuchtelten. Einige von ihnen hielten auch brennende Fackeln in den Händen, andere Speere, deren Spitzen wie die Axtblätter aus Stein bestanden. Metall kannten sie offenbar nicht.

Ihre Arme waren kräftiger als die Beine eines normalen Mannes und endeten in riesigen Pranken mit jeweils sechs Fingern. In ihren tierhaften Mäulern steckten lange Raubtierzähne, richtige Hauer ragten daraus hervor, und verfilztes langes Haar hing ihnen von den Köpfen herab.

Das Seltsamste aber war, dass sie keine Augen hatten. Oberhalb der Nasen begann sofort eine glatte, hohe Stirn.

»Trorks!«, murmelte Daron.

Sowohl Daron als auch Sarwen hatten schon viel von den gefürchteten augenlosen Trorks gehört. Sie orientierten sich offenbar mit anderen Sinnen, sodass sie keine Augen brauchten. Ob die Ursache dafür irgendeine Art von Zauberei war, wusste niemand. Jedenfalls erkannten sie ihre Umgebung auch ohne Augen und hatten dadurch den Vorteil, sich auch in absoluter Dunkelheit zurechtzufinden.

Die Bezeichnung ihrer Art rührte daher, dass sie wie eine Mischung aus Trollen und Orks aussahen, wie es sie in Athranor, der Urheimat der Elben, gegeben hatte.

Eine wilde Horde dieser Keulenschwinger veranstaltete offenbar eine Hatz auf das Riesenmammut und hatte es in die Enge getrieben. Das gigantische Tier stürzte auf den Fluss zu, strauchelte und rutschte die Uferböschung herab. Es fiel ins Wasser, war aber sofort wieder auf den Beinen. Die Fluten des Nor reichten ihm kaum bis zu den Kniegelenken.

Das Riesenmammut drehte sich herum und seinen Häschern zu, hob den Kopf und den langen Rüssel und stieß wieder das laute Trompeten aus. Dann senkte es den gewaltigen Schädel mit den riesigen, geschwungenen Stoßzähnen. Die großen Ohren bewegten sich wie Flügel.

Die Trorks hielten Abstand und riefen laut durcheinander. Von ihrer Sprache verstanden Daron und Sarwen natürlich kein Wort.

Der Elbenjunge hatte vom Fährtensucher Lirandil erfahren, dass die Trorks allgemein als sehr wasserscheu galten, weswegen sie auch nur selten mit Flößen den Fluss Nor überquerten und ins Waldreich eindrangen. Für das Riesenmammut war dies die letzte Möglichkeit, mit dem Leben davonzukommen.

Die Trorks hatten wahrscheinlich beabsichtigt, diesen Einzelgänger bis zur völligen Erschöpfung zu hetzen, sodass das Tier zum Schluss zu entkräftet war, um weiter flüchten und sich wehren zu können. Eine uralte und sehr einfache Jagdmethode.

Aber in den Fluss konnten und wollten die Trorks ihrer Beute nicht folgen.

Das Riesenmammut ging rückwärts und immer tiefer ins Wasser. Einige der Trorks schleuderten vor Wut ihre Speere, obwohl sie eigentlich wissen mussten, dass sie damit kaum etwas ausrichten konnten. Selbst wenn ein solcher Speer das dichte Fell und die darunter liegende sehr feste und dicke Mammuthaut durchdrang und stecken blieb, wäre die Verwundung nicht tief genug, dass das gewaltige Tier daran zugrunde ging.

Manche der Trorks wagten sich sogar bis zu den Hüften ins Wasser. Aber die Strömung war sehr stark, und da sie nicht schwimmen konnten, hatten sie natürlich Angst, fortgerissen zu werden, und so zogen sie sich schnell wieder zurück.

Das Riesenmammut war für sie verloren, und die Trorks tobten vor Wut. Auch wenn die beiden Elbenkinder ihre Sprache nicht verstanden, entging ihnen nicht, wie ärgerlich diese wilden Kreaturen über den Misserfolg ihrer Jagd waren. Einer der Trorks schlug mit seiner großen Steinaxt zornig in den Boden.

Das Riesenmammut erreichte inzwischen tieferes Wasser

in der Flussmitte. Die Strömung zerrte an ihm, und das Wasser reichte dem Tier nun schon bis zur Brust. Es hob den Rüssel und stieß erneut ein lautes Trompeten aus. Es klang fast so, als wollte es damit seinen Triumph über seine Verfolger noch einmal deutlich zeigen.

Dann begann es zu schwimmen und ließ sich flussabwärts treiben.

Die Trorks wandten sich vom Wasser ab. Einer von ihnen stieß plötzlich aufgeregte Laute aus. Er näherte sich den Sträuchern, in denen sich Daron und Sarwen verbargen, und schließlich stand er mit erhobener Keule vor ihnen und rief die anderen herbei.

»Was machen wir jetzt?«, erreichte Daron der verzweifelte Gedanke seiner Schwester.

»Keine Ahnung. Jedenfalls haben die uns entdeckt!«

Daron und Sarwen sprangen auf, aber an eine Flucht war nicht zu denken, denn schon waren sie von allen Seiten von Trorks umgeben, die den Eindruck machten, als würden sie die Elbenkinder neugierig anstarren, obwohl sie keine Augen hatten.

»Ich glaube nicht, dass die gut auf Elben zu sprechen sind, nachdem unser Großvater gegen sie Krieg geführt hat!«, befürchtete Daron.

»Und magisch beeinflussen lassen die sich auch nicht so leicht wie ein Riesenfledertier«, ergänzte Sarwen.

Einer der Trorks brüllte sie an, aber natürlich verstanden sie kein einziges Wort von dem, was er von sich gab. Daron versuchte, sich auf die Gedanken des Trork einzustellen, aber auch das wollte ihm nicht gelingen.

Ein Trork machte einen schnellen Schritt nach vorn und wollte Daron die Speerspitze in den Leib rammen. Der Elbenjunge wich gerade noch rechtzeitig zurück, umfasste den Griff seines Dolches, wusste aber, dass er damit gegen die Trorks kaum etwas würde ausrichten können.

»Lass uns etwas unternehmen!«, forderte Sarwen ihren Bruder auf. *»Vielleicht finden wir ja jemanden, der uns hilft!«*

Während sie das dachte, wurden ihre Augen schwarz.

Sie brauchte Daron nicht zu erklären, was sie meinte. Auch dessen Augen wurden vollkommen von Schwärze erfüllt. Sie sammelten ihre Kräfte, bündelten sie …

Der Kreis der Trorks um sie herum wurde enger, und was immer diese augenlosen Kreaturen auch in ihrer unverständlichen Sprache untereinander beredeten, es konnte für die beiden nichts Gutes bedeuten.

Einer der Trorks hatte ein aus grobem Hanf gedrehtes Seil bei sich. Er nahm es von der Schulter.

»Wahrscheinlich wollen die uns damit fesseln!«, vermutete Daron.

»Nun kommt schon, ihr trägen Helfer!«, schrie unterdessen Sarwen in Gedanken. Beide murmelten eine Formel, und im nächsten Moment war ein durchdringendes Summen zu hören.

Kleine Tiere ließen sich leicht durch Magie beeinflussen,

das hatten Daron und Sarwen schon in sehr frühen Jahren bis zur Perfektion gekonnt.

Aus allen Richtungen kamen Bienen, Wespen und Hornissen herbei und umschwärmten die Trorks, die sofort wild nach den Insekten schlugen. Überall summte und brummte es, denn die zahlreichen bunten Blumen am Flussufer lockten massenhaft Bienen und Hummeln. Doch nun folgten sie ebenso wie die Wespen dem magischen Befehl, den Daron und Sarwen ihnen gaben.

Die Trorks gerieten außer sich. Sie fuchtelten hilflos mit den Armen. Ihre Keulen und Steinäxte waren natürlich völlig untauglich, um die kleinen Angreifer abzuwehren, die sie immer wieder stachen.

»Los jetzt!«, dachte Daron an seine Schwester gerichtet.

Diesen Moment der Verwirrung mussten sie nutzen. Sie rannten los.

Einem der Trorks, der ihnen im Weg stand und sie doch noch aufzuhalten versuchte, riss Daron mit Hilfe seiner magischen Kräfte die Keule aus der Hand, sodass sie in hohem Bogen davonflog. Das kostete den Elbenjungen viel Kraft, und er wusste durchaus, dass er so etwas nicht allzu oft tun konnte. Aber in diesem Augenblick ermöglichte es die Flucht, denn der Trork war so verwirrt, dass er die beiden Elbenkinder einfach an sich vorbeirennen ließ. Seine Keule klatschte ins Wasser, und dann fiel ein ganzer Schwarm Bienen über ihn her, der aus einem nahen Blütenfeld aufgestiegen war.

Daron und Sarwen rannten so schnell, wie ihre Füße sie tragen konnten.

»Vom Ufer weg! Da ist keine Deckung, und man sieht uns sofort!«, sandte Daron einen Gedanken.

»Aber all die Kreaturen zwischen den Riesenschachtelhalmen …«, kam es von Sarwen zurück.

Doch all die Geschöpfe, die sonst noch die wuchernde Wildnis des Wilderlandes bevölkerten, waren momentan eindeutig das kleinere Übel gegenüber den Trorks, und das sah auch Sarwen ein.

Atemlos hetzten sie über die Uferwiese, dann bahnten sie sich den Weg mitten durch Riesenschachtelhalme und schließlich durch dichtes Gestrüpp und hatten nur einen Gedanken: sich so weit wie möglich von der Trorkhorde zu entfernen.

»Was glaubst du, was die mit uns vorhatten?«, fragte Sarwen in Gedanken, was beim Laufen gegenüber dem Sprechen einfacher war, da sie dafür den Atemrhythmus nicht verändern musste.

»Keine Ahnung«, erhielt sie zur Antwort. *»Ich will es mir lieber auch gar nicht vorstellen. Ich weiß jedenfalls von Lirandil, dass die Trorks immer wieder Jagd auf Zentauren machen, wenn sie ins Waldreich eindringen – und die verspeisen sie dann!«*

»Furchtbar!«

»Aber uns kriegen die nicht!«

»Und wenn doch, werden wir mit Magie dafür sorgen,

dass ihnen so schlecht von uns wird, dass sie nie wieder einen Elben anrühren!«, dachte das Elbenmädchen entschlossen.

Schließlich hielten Daron und Sarwen inne. Sie befanden sich inmitten einer dicht bewachsenen Wildnis. Das Rauschen des Flusses war selbst mit ihrem feinen Elbengehör kaum noch zu hören, so weit hatten sie sich entfernt. Aber nach Darons Einschätzung waren sie in die falsche Richtung gelaufen. Flussabwärts und damit Richtung Noram ging es genau entgegengesetzt.

Doch dorthin konnten sie nicht, denn dann wären sie den Trorks genau in die Arme gelaufen, und sie wussten ja nicht, wie viele es in Wirklichkeit waren. Was sie an Schritten, Stimmen und anderen Lauten ganz leise und aus einiger Entfernung zu hören vermochten, war jedenfalls besorgniserregend.

»Es müssen sehr viele sein«, sagte Daron.

»Aber wir entfernen uns immer weiter von unserem Ziel!«, wandte Sarwen ein. »Oder irre ich mich da?«

Daron schüttelte den Kopf. »Nein, da irrst du dich leider nicht. Aber ich glaube, es ist besser, in die falsche Richtung zu laufen, als noch mal dieser Horde zu begegnen. Ein oder zwei von denen könnte man ja einfach mit Magie die Waffen entreißen oder sonst was mit ihnen anstellen. Aber das war ja wohl der halbe Stamm, mit dem wir es zu tun hatten.«

»Und nun? Einfach weiter in die Wildnis?«

»Solange wir rechts den Fluss zumindest *hören,* haben wir eine gewisse Orientierung.«

»Na großartig. Wir kommen vom Regen in die Traufe, und es wird immer schwieriger, nach Hause zurückzukehren!«

Daron zuckte mit den Schultern. »Wenn du einen besseren Vorschlag hast! Aber diese Trorks sahen wirklich nicht gerade so aus, als würden sie Elbenkinder mögen.«

Sarwen kniete nieder und legte das Ohr an den Boden. »Es scheint so, als hätten die noch lange nicht aufgegeben.«

»Dann sollten wir uns schleunigst davonmachen«, meinte ihr Bruder.

Die Unsichtbaren

Daron und Sarwen setzen ihren Weg fort. Dabei hörten sie aus der Ferne die Schritte und Stimmen der Trorks und das Knacken und Brechen von Zweigen. Ihre große Beute – das Riesenmammut – war ihnen bereits entwischt, und nun wollten sie auf keinen Fall zulassen, dass ihnen auch noch die beiden Elbenkinder entkamen.

So hetzten Daron und Sarwen weiter, spürten aber gleichzeitig, wie die Verfolger immer näher kamen. Einmal gerieten sie fast in ein Fressmoos, das auf den ersten Blick vom Boden kaum zu unterscheiden war. Sarwen konnte gerade noch ihren Fuß zurückziehen. Und wenig später tauchte eine Gruppe von aufdringlichen Flügelschlangen auf, die sich nur sehr schwer vertreiben ließ.

Schließlich näherten sie sich wieder dem Fluss. Das Rauschen des Wassers wurde lauter. Bei einem der verkrüppelt wirkenden knorrigen Bäume, die sich hin und wieder aus der wuchernden Pflanzenwelt des Wilderlandes erhoben, machten sie schließlich völlig entkräftet einen Halt.

»Die Trorks sind immer noch zu hören«, stellte Daron fest und rang nach Atem.

Auch Sarwen keuchte. »Wir sind Elben*kinder*, aber keine Elben*pferde*«, brachte sie schließlich hervor. »Wie soll das weitergehen? Die werden uns doch einholen …«

»Ich glaube, wenn sie das wirklich wollten, wäre es längst geschehen.«

Sie starrte ihn überrascht an. »Wie kommst du darauf?«

»Na, horch doch mal! Irgendetwas hält sie auf Abstand.«

Sarwen seufzte. »Das wäre zu schön, um wahr zu sein.«

»Und vielleicht unsere Rettung.« Er lauschte angestrengt und benutzte dafür auch seine anderen Sinne, und plötzlich merkte er auf und sagte: »Da ist noch was!«

Sarwen sah Daron fragend an. »Und was bitte schön?«

»Ich bin mir nicht sicher, aber ich glaube, ich habe ganz kurz den Geist von Rarax gespürt.«

Doch Sarwen war davon alles anderes als überzeugt. »Normalerweise traue ich deinen magischen Sinnen ja ebenso blind wie meinen, aber im Moment glaube ich eher, dass es dein verzweifelter Wunsch ist, der dich hat glauben lassen, unser Riesenfledertier zu spüren.«

Daron war sich in dieser Hinsicht unschlüssig, denn an diese Möglichkeit hatte er auch schon gedacht. Was hätten sie sich schließlich in dieser Lage sehnlicher herbeiwünschen können als ein Riesenfledertier, auf dessen Rücken sie davonfliegen konnten, fort von den Trorks und diesem furchtbaren Land voller Schrecken und Gefahren.

Also strengte Daron noch einmal seine magischen Sinne an, so sehr er konnte. Seine Augen wurden für eine ganze Weile pechschwarz, und er legte die Stirn in tiefe Furchen.

Doch all die Anstrengung war vergebens. Er fand die Spur von Rarax' Geist nicht wieder, und schließlich gelangte er zu der Überzeugung, dass er sich geirrt hatte.

Nach der kurzen Rast gingen sie weiter. Um schnell zu laufen, hatten sie allerdings nicht mehr genügend Kraft.

Am Abend erreichten sie ein paar Felsen. Daron und Sarwen kletterten hinauf und suchten sich eine geschützte Stelle auf einem Felsvorsprung.

Von dort hatten sie einen ganz guten Überblick. In der Dämmerung konnte man den Fluss Nor sehen, über dem sich ein graues Nebelband gebildet hatte, das immer dichter wurde.

Daron war froh, dass sie nicht mehr in der Nähe des Flusses waren, weil ihm die Erinnerung an den Nebelgeist ein Frösteln bescherte. Auf diesem Felsen waren sie vor diesen unheimlichen Geisterwesen sicher, dachte er.

»Darauf würde ich mich nicht verlassen«, warnte ihn Sarwen, die seinen Gedanken mitbekommen hatte.

»Meinst du wirklich, die kommen bis hierher?«, fragte er erstaunt und zweifelnd.

»Es gibt nichts, was dagegen spricht. Nathranwen hat mir erzählt, dass sie sehr hartnäckig sein können. Vor allem dann, wenn jemand schon mal auf sie eingegangen ist und beinahe ihrer Macht erlegen wäre.«

»So wie ich«, murmelte Daron, und sein Gesicht verfinsterte sich.

»Genau. Das bisschen Schachtelhalm und Buschwerk zwischen uns und ihnen wird für diese gespenstischen Erscheinungen kaum ein Hindernis darstellen.«

»Na ja, wenigstens sind inzwischen die Trorks ein ganzes Stück hinter uns zurückgeblieben.« Daron streckte den Arm aus und deutete mit dem Zeigefinger zum Horizont. Selbst bei Dämmerung ließen sich dort mit bloßem Elbenauge Bewegungen in den Sträuchern und Büschen erkennen. Hin und wieder wurden ein paar Riesenschachtelhalme niedergerissen, und dazu drangen auch noch immer ganz leise die Stimmen der augenlosen Keulenschwinger bis zu dem Felsen, auf dem die beiden Elbenkinder hockten.

»Die haben wahrscheinlich Angst bekommen, dass wir ihnen noch einmal einen Schwarm Bienen auf den Hals hetzen!«, lachte Sarwen. »Und jetzt trauen sie sich nicht mehr näher!«

»Schön wär's«, zweifelte Daron. »Aber ehrlich gesagt, ich glaube eher, dass die stechenden Insekten sie insgesamt noch wütender gemacht haben.«

»Und warum kommen sie dann nicht her?«, fragte Sarwen.

»Keine Ahnung«, antwortete ihr Bruder und zuckte mit den Schultern. »Auch die hereinbrechende Dunkelheit ist für diese Kreaturen kein Grund, ihre Suche aufzugeben. Schließlich haben sie ja ohnehin keine Augen. Da muss noch irgendetwas anderes dahinterstecken.«

»Sag so was nicht!«, bat das Elbenmädchen.

»Wieso?«

»Na, wenn sich die Trorks vor etwas fürchten, dann ist es für uns erst recht gefährlich, meinst du nicht auch?«

»So habe ich das noch nicht betrachtet.«

»Auf jeden Fall sollten wir aufpassen.«

Daron nickte. »Dann machen wir auch besser kein Feuer. Erstens kann man das ziemlich weit sehen ...«

»Auch die augenlosen Trorks?«

»Sie benutzen doch offenbar selbst Feuer. Schließlich haben sie das Riesenmammut mit Fackeln vor sich her gescheucht. Ich weiß zwar nicht, wie sie das ohne Augen hinbekommen, aber wir müssen damit rechnen, dass sie ein Feuer bemerken. Und wer weiß, wer sonst noch.«

Sarwen war von dem Gedanken an eine Nacht ohne schützendes Feuer nicht sehr begeistert, zumal es diesmal genügend brennbares Material in ihrer Umgebung gab. Aber da sie oben auf dem Felsen nicht damit rechnen mussten, dass sie plötzlich von Flügelschlangen attackiert wurden – es sei denn, die waren in der Lage, sich durch das Gestein zu beißen –, gab sie schließlich ihre Zustimmung.

»Trotzdem sollten wir uns beim Wachehalten ablösen«, sagte sie.

»Das ist doch selbstverständlich.«

Daron übernahm die erste Wache. Er lauschte angestrengt in jene Richtung, wo er die Trorks vermutete. Aber es war kaum noch etwas zu hören, und auch die Bewegungen zwischen den Riesenschachtelhalmen wurden seltener. Konnte es sein, dass sich die Trorks etwa ganz zurückgezogen hatten? Oder waren sie einfach nur geschickter geworden und vermieden unnötige Geräusche?

Andererseits war es fast unmöglich, sich so leise anzuschleichen, dass ein Elbenohr dies nicht mitbekam, zumal Daron und Sarwen auf das Auftauchen der Trorks vorbereitet waren.

Was die Nebelgeister betraf, sollte Sarwen recht behalten: Immer wieder vernahm Daron ihre Gedankenstimmen. Dichte Schwaden krochen vom Fluss herauf und näherten sich langsam dem Felsen, auf dem die beiden Elbenkinder lagerten. Der Mond strahlte die Schwaden auf eine ganz seltsame Weise an, dass es schien, als würde der Nebel von sich heraus leuchten.

»Kannst du uns hören, Daron?«, fragte eine Gedankenstimme.

Aber Daron versuchte, diese Stimme nicht zu beachten. Stattdessen lauschte er konzentriert in die Nacht hinein. Einerseits warnte ihn das vielleicht frühzeitig, falls die Trorks doch noch auf der Jagd nach ihnen waren und einen

Überfall durchführen wollten, und andererseits lenkte es ihn von den Verheißungen ab, die ihm die Gedankenstimmen der Nebelgeister versprachen.

Es wurde stockdunkel, und selbst der Mond verschwand irgendwann hinter dichten Wolken. Kein Stern war mehr am Himmel zu sehen. Selbst für die ausgezeichneten Augen eines Elben gab es nur noch wenig in der Umgebung zu entdecken.

Umso wichtiger wurde das Gehör. Die Geräusche und Stimmen von unzähligen Geschöpfen erfüllten die Nacht. Die Grablaute der Flügelschlangen etwa waren nicht zu überhören. Ihr Schaben lieferte den Hintergrund für alles andere, was in diesen Wäldern geschah.

Die riesigen Laufvögel waren ab und an zu hören, und hier und dort gingen Greifvögel und eulenähnliche Geschöpfe auf die Jagd.

Zwischen all dem vernahm Daron dann allerdings auch etwas, was ihn sehr verwunderte.

Musik!

Ganz leise drang sie an sein spitzes Ohr. Da war der Schlag einer Trommel, irgendein Flöteninstrument und die Stimme eines Sängers zu hören. Der Wind blies leicht aus jener Richtung und trug die Musik für ein paar Augenblicke an Darons Ohr. Dann war sie zunächst einmal nicht mehr zu hören, und als sie erneut aufklang, weckte er Sarwen. *»Hör mal!«,* sandte er ihr einen sehr intensiven Gedanken, der augenblicklich dafür sorgte, dass sie wach wurde.

Sie lauschte und vernahm ebenfalls die Musik.

»Sollte in dieser Gegend tatsächlich jemand leben, der musizieren kann?«, fragte sie sich laut.

»Vielleicht hat uns unser Riesenfledertier viel weiter ins Wilderland getragen, als wir bisher angenommen haben, und dies ist schon die südliche Grenze«, meinte Daron. »Ist dir nicht aufgefallen, dass immer häufiger Bäume zwischen den Riesenschachtelhalmen wachsen?«

»Ehrlich gesagt, ich habe nicht so darauf geachtet«, gestand Sarwen.

»Vielleicht beginnt hier bereits irgendein anderes Reich. Vielleicht sogar eines, dessen Bewohner Schiffe bauen, mit denen man die Flüsse entlangfahren kann.«

»Und du meinst, dort würde man uns helfen, nach Hause zu gelangen?«

»Natürlich!«, stieß Daron beinahe euphorisch aus.

Doch so begeistert wie ihr Bruder war Sarwen nicht. Sie gähnte und sagte: »Wir sollten uns morgen dort umsehen. Außerdem haben wir ja sowieso keine andere Wahl, was die Richtung betrifft. Schließlich wollen wir ja nicht den Trorks vor die Speere laufen.«

»Nein, lass uns jetzt schon losgehen!«, forderte Daron.

»Bei Nacht? Wieso das denn?«, wunderte sich seine Schwester. »Dann müssen wir dauernd diesen ekelhaften Flügelschlangen ausweichen, und ehe man sich versieht, ist man in ein Fressmoos getreten.«

»Überleg doch mal!«, sagte Daron. »Wann wird Musik

gespielt? Meistens dann, wenn getanzt wird. Und das passiert abends bis in die Nacht hinein.«

»Jedenfalls bei den Menschen«, schränkte Sarwen ein, denn Elben tanzten nur sehr selten.

»Für die Konzerte unserer Komponisten in Elbenhaven gilt das Gleiche. Hast du schon mal eins am Morgen erlebt? Na also. Und deswegen müssen wir jetzt los!«

»Ich verstehe noch immer nicht«, gestand Sarwen.

Daron unterdrückte ein Seufzen. »Also, die meisten intelligenten Wesen musizieren nur abends und in der Nacht, also müssen wir jetzt aufbrechen, um dem Klang der Musik zu folgen. Denn er führt uns zu jenen Wesen, die diese Musik spielen. Verstanden?«

Seine Schwester nickte. »Alles klar. Jetzt hab ich's begriffen.«

»Einfach immer dem Klang nach, und wir sind am Ziel«, sagte der Elbenjunge. »Morgen früh jedoch werden wir nichts hören außer das Krächzen einiger Laufvögel.«

Sarwen überlegte kurz und dachte schließlich: *»Du hast mich überzeugt, Bruderherz.«*

»Aber wir sollten vorsichtig sein«, mahnte er.

»Wieso?«

»Nun, wir wissen ja nicht, ob wir dort, wo die Musik herkommt, überhaupt willkommen sind. Oder ob das vielleicht Wesen sind, die keine Elben mögen. Du weißt, welche Vorurteile zum Beispiel viele Menschen gegen uns hegen, und sie sind nicht die Einzigen.«

»In Ordnung, dann lass uns aufbrechen und uns anschleichen«, sagte sie. »Ich hoffe nur inständig, dass wir es nicht bereuen werden.«

So kletterten sie von dem Felsen. In der Wildnis konnten sie kaum die Hand vor Augen sehen, aber ziemlich deutlich hörten sie die Musik und folgten ihrem Klang. Glücklicherweise riss die Wolkendecke auf, sodass ihre Umgebung von blassem Mondlicht beschienen wurde.

Anfangs wurden die fröhlichen Töne noch sehr durch die scharrenden Grabgeräusche gestört, die von den Flügelschlangen verursacht wurden. Aber je weiter sie sich dem Ursprung der Musik näherten, desto weniger Flügelschlangen schienen das Erdreich zu bevölkern.

Der Dschungel aus Riesenschachtelhalmen veränderte sich und wurde zu einem ganz normalen Wald, in dem sowohl Laub- als auch Nadelbäume wuchsen. Nur hin und wieder waren noch Riesenschachtelhalme zu sehen.

Schließlich gelangten die Elbenkinder an eine breite Schneise, die mitten durch den Wald führte. Zuerst dachten Daron und Sarwen, dass es sich um einen Trampelpfad der Riesenmammuts handelte. Aber erstens waren nirgends umgeknickte Bäume zu sehen, und zweitens war der Boden der Schneise mit Steinen belegt.

»Das ist eine Straße!«, stellte Daron fest. »Ganz sicher!«

»Na, wenn das eine Straße ist, sind wir doch vermutlich auf dem richtigen Weg«, glaubte Sarwen.

Sie folgten der Straße eine ganze Weile. Die Musik war immer deutlicher zu hören, und eigentlich konnte es nicht mehr lange dauern, bis sie endlich den Ort erreichten, wo sie gespielt wurde. In das fröhliche Spiel mischten sich immer öfter Stimmen.

Manchmal blieben die Elbenkinder einfach stehen und lauschten intensiver. Vielleicht konnten sie ja wenigstens erkennen, welche Sprache die Unbekannten verwendeten. Am Hof des Elbenkönigs von Elbenhaven waren Daron und Sarwen in allen wichtigen Sprachen von Elben, Menschen, Zentauren und einigen anderen Völkern unterrichtet worden, und da dieser Unterricht mit magischer Unterstützung durchgeführt worden war, hatten die Zwillinge diese Sprachen auch ziemlich schnell und trotzdem nahezu perfekt erlernt.

Insbesondere bei Daron hatte König Keandir darauf großen Wert gelegt, denn ein zukünftiger König sollte mit jedem Unterhändler oder Herrscher persönlich verhandeln können, ganz gleich, woher der andere kam. »Nur so lässt sich der Frieden erhalten«, hatte er Daron eingeschärft. »Und die Sicherung des Friedens ist die erste Pflicht eines Elbenkönigs.«

Und zu Sarwen hatte er gesagt: »Wenn du wirklich Schamanin werden willst, um mit den Toten zu reden, dann solltest du vorher auch wissen, wie man sich mit den

Lebenden unterhält – seien sie nun Menschen, Zentauren oder Riesen aus Zylopien.«

Anfangs waren Daron und Sarwen nicht so begeistert davon gewesen. Schließlich hatten sie schon als ganz kleine Elbenkinder die Sprache ihrer menschlichen Mutter Larana und die Elbensprache ihres Vaters Magolas erlernt, und sie fanden eigentlich, dass dies vollkommen ausreichte.

Aber in diesem Punkt hatte ihr Großvater nicht locker gelassen. Das einzige Zugeständnis, dass er gemacht hatte, war der Einsatz von Magie beim Lernen gewesen. Allerdings hatten Daron und Sarwen nicht allein durch Magie lernen dürfen, was viel leichter gewesen wäre. Der Grund dafür war einleuchtend:

»Mit dem, was man durch Magie erlernt, ist es wie mit Gebäuden, die durch Magie anstatt mit Steinen und Mörtel errichtet werden: Irgendwann verblasst es einfach und verschwindet. Ihr sollt dieses Wissen aber auf Dauer behalten, und da Elben sehr lange leben, heißt das auch, dass ihr all die Wörter aus all diesen Sprachen für sehr lange Zeit behalten müsst. Wenn ihr es euch da durch einen zu unverschämten Einsatz von Magie allzu leicht macht, habt ihr irgendwann alles vergessen.«

Daron und Sarwen lauschten also angestrengt, aber sie verstanden nicht ein einziges Wort.

»Wir sind noch zu weit entfernt«, erkannte Daron.

Plötzlich schreckten sie auf. Hufschlag war auf einmal zu hören. Ein einspänniger Pferdewagen raste die holperige Straße entlang, und zwei helle Stimmen riefen: »Heya! Vorwärts!«

Eigentlich hätten Daron und Sarwen das Herannahen dieses Wagens schon viel früher wahrnehmen müssen, aber sie hatten sich so auf die Stimmen und die Musik in der Ferne konzentriert, dass sie auf nichts anderes geachtet hatten.

Der Wagen raste als dunkler Schatten heran. Für einen kurzen Moment schien der Mond auf ihn, und Daron glaubte seinen Augen nicht trauen zu dürfen: Es war, als würde niemand den Pferdewagen lenken! Oben auf dem Bock war nichts weiter als eine Art Bündel zu sehen, während hinten auf dem Wagen ein paar Kisten geladen waren, die jedes Mal hin- und herrutschten, wenn der Wagen über eine unebene Stelle fuhr.

Und davon gab es nun wirklich viele in dieser holperigen Straße.

»Ein Wagen ohne Kutscher!«, vernahm er Sarwens Gedanken. *»Wohin hast du uns hier geführt, Daron?«*

Das Pferd wieherte laut. Daron und Sarwen sprangen zur Seite, bevor das Tier sie niedergerissen hätte und der Wagen über sie hinweggerollt wäre.

Auf einmal wurde die Bremse betätigt und auch die Zügel stramm gezogen. Das Gefährt stoppte abrupt.

»Ho, ho! Schön ruhig!«, sagte eine Stimme.

»Hast du das gesehen?«, fragte eine andere aufgeregt.

»Was soll ich gesehen haben?«, fragte wieder die erste Stimme.

»Da war doch was!«, stieß die zweite hervor. »Ein Tier oder so was!«

»Das kommt davon, wenn man seine Dunkelseher-Gläser auch bei Nacht auf der Nase trägt, nur weil das angeblich so toll aussieht! Dann fährt man eben halb blind durch die Gegend und stößt am Ende nur mit Wildschweinen zusammen!« Ein Seufzen folgte. »Riesenmammuts verirren sich in diese Gegend ja nur selten, aber ich wette, hätte eins hier rumgestanden, du hättest es auch nicht gesehen!«

»Ja, mach dich nur lustig über mich!«

»Wer spricht da? Ich sehe niemanden«, wandte sich Sarwen in Gedanken an ihren Bruder. Die beiden kauerten in einem Gebüsch seitlich der Straße und warteten ab.

»Sollen uns diese Unsichtbaren doch ein Stück mitnehmen«, meinte Daron.

Im Reich der Kleinlinge

Die beiden Stimmen stritten sich noch eine Weile darum, ob es sinnvoll war, ein Dunkelseher-Glas aus Schönheitsgründen auch nachts zu tragen und ob vor ihnen auf dem Weg nun etwas zu sehen gewesen war oder nicht.

Schließlich sagte eine der beiden Stimmen: »Jetzt lass uns nicht so lange herumquatschen! Treib den Gaul an, damit wir endlich nach Hause kommen! Es ist wirklich schon spät genug!«

»Ja, ja, ist ja gut, nicht so ungeduldig!«

Bevor sich der Wagen jedoch wieder in Bewegung setzte, kamen Daron und Sarwen aus dem Gebüsch hervor und stellten sich vor ihm hin.

»Wartet einen Moment, ihr Unsichtbaren!«, rief Daron.

»Wir Unsichtbaren?«, fragte eine der beiden Stimmen verwundert.

»Vielleicht könntet ihr uns ein Stück mitnehmen zu dem Ort, von dem aus die Musik zu hören ist.«

»Musik?«, fragte die andere Stimme. »Welche Musik?«

»Nun«, meinte Daron, »Musik, Gesang, eine Flöte, eine Trommel, und es wird getanzt und gelacht. Nur kann ich leider nicht verstehen, was geredet wird!«

»Du musst ja ein Gehör haben wie ein Elb!«, sagte die erste Stimme, und die zweite ergänzte: »Ich glaube, das ist sogar ein Elb! He, dreh mal den Kopf etwas, dass man deine Ohren im Mondlicht sehen kann!«

Daron gehorchte. »Sie sind spitz«, erklärte er, »und wir sind tatsächlich Elben!«

»Meine Güte – Elben! Es ist lange her, dass sich Elben in dieses Land verirrt haben«, sagte die erste Stimme. »Schon viele Generationen, wenn ich richtig informiert bin. Ich glaube, mein Großvater sagte mal, dass sein Großvater einen gesehen hätte.«

»Ich glaube ehrlich gesagt, dass das alles nur Geschichten sind und noch nie Elben in unserem Dorf waren«, meldete sich die zweite Stimme zu Wort. »Die Leute erzählen viel, um sich wichtig zu machen.«

Daron trat einen Schritt näher. »Was ist nun?«, fragte er. »Können wir mitfahren?«

Der Kutschbock lag weitgehend im Dunkeln. Auf der Bank lag etwas, das vielleicht eine zusammengerollte Decke sein mochte. Dann aber bemerkte Daron dort eine Bewegung.

Die Decke wurde auseinandergeschlagen, und der Elbenjunge sah zwei winzige Gestalten, höchstens so groß, dass sie Daron und Sarwen bis zu den Knien gereicht hätten.

»Ihr seid Kleinlinge!«, stellte Daron fest. »Deswegen haben wir euch in der Dunkelheit nicht gesehen und geglaubt, dass da eine Kutsche ganz allein durch die Nacht fährt!«

»Oder zwei Unsichtbare auf dem Bock sitzen«, fügte Sarwen hinzu.

Einer der beiden Kleinlinge stand auf. Die beiden waren zwar nur kniehoch, aber dennoch keine Kinder. Ihre Gesichter sahen aus wie die von ausgewachsenen Menschen oder Elben.

Daron und Sarwen hatten von diesem Volk schon gehört, und Daron meinte sich zu erinnern, das Reich der Kleinlinge auch schon auf einer der Karten verzeichnet gesehen zu haben, die König Keandir ihm gezeigt hatte. Allerdings schien der Kartenzeichner nicht viel über dieses Reich gewusst zu haben, denn sein Inneres war auf der Karte nichts weiter als ein weißer Fleck gewesen. Offenbar wusste man nicht viel darüber.

Mondlicht fiel auf den Kleinling, der soeben aufgestanden war, und so konnten die beiden Elbenkinder erkennen, dass er einen Spitzbart trug und außerdem zwei dunkle Gläser, die durch feine Metallstäbe miteinander verbunden waren. Diese bildeten eine Art Gestell, das dem Kleinling auf der Nase saß, und zwei schmale Bügel reichten bis hinter die Ohren. Offenbar diente das Ganze dazu, die dunklen Gläser vor den Augen des Kleinlings zu halten.

»Seid gegrüßt, ihr Elben!«

»Ganz unsererseits«, erwiderte der Elbenjunge und deutete einc Verbeugung an. »Mein Name ist Daron, und dies ist meine Schwester Sarwen, und wie ihr euch denken könnt, haben wir eine sehr lange Reise hinter uns.«

»Ja, das Reich der Elben ist weit entfernt, und wir hören nicht viel von dem, was sich dort ereignet«, sagte der kleine Mann mit den dunklen Gläsern vor den Augen und machte sich daran, vom Bock zu steigen.

Mochte der Kleinling auch eher winzig sein – da das Pferd Normalgröße hatte, war auch der Wagen entsprechend groß. Dafür gab es eine Trittleiter aus Metall, die seitlich am Kutschbock angebracht war, doch der kleine Mann mit dem Spitzbart verpasste wohl eine der Leitertritte und fiel auf die Straße.

Er rappelte sich wütend wieder auf und schimpfte furchtbar.

»Habe ich es dir nicht gesagt!«, rief der zweite Kleinling, der auf dem Kutschbock geblieben war. »Nimm den Dunkelseher ab! Die werden schließlich hergestellt, um vor der Sonne zu schützen, nicht vor dem Mondlicht.«

Der Spitzbärtige klopfte sich den Dreck von der Kleidung. Er trug Stiefel, eng anliegende Hosen, Hemd und Weste und außerdem einen Umhang. An der Seite hing ein dünnes Kurzschwert, von dem Daron den Eindruck hatte, dass es mehr der Zierde diente, als dass man damit wirklich kämpfen konnte.

»Da ihr beide schon die Freundlichkeit hattet, euch vorzustellen: Mein Name ist Mik, und der unverschämte Kerl dort oben auf dem Kutschbock trägt den Namen Mok. Willkommen im Reich der Kleinlinge! Mögt ihr nun die ersten Elben seit langer Zeit oder sogar die ersten Elben überhaupt sein, die unsere zugegebenermaßen etwas entlegene Gegend mit ihrer Anwesenheit beehren – ihr zwei seid jedenfalls herzlich willkommen.«

»Hab vielen Dank, Mik«, sagte Daron und verneigte sich abermals leicht.

Mik blinzelte über seinen Dunkelseher hinweg. Wahrscheinlich, weil er mit den dunklen Gläsern nicht viel von diesem Gast erkennen konnte. »Wir haben viel zu selten Besuch, als dass wir es uns leisten könnten, ihn schlecht zu behandeln.« Er machte eine großspurige Geste, mit der er seinen Mantel nach hinten warf. »Ihr beide müsst uns natürlich erzählen, wie ihr hierherkommt und was für ein Riesenmammut ihr hier sucht.«

»Nun, das ist schnell gesagt«, meinte Sarwen. »Wir …«

»Moment!«, unterbrach sie der Kleinling und hob dabei die Hand, wie es die Elbenkinder ansonsten nur von der Heilerin Nathranwen kannten, wenn sie die beiden belehren wollte. »Wie ich schon erwähnte, wir bekommen selten Besuch. Deswegen erzählt gefälligst nicht alles auf einmal oder gar zum falschen Zeitpunkt. Wir wollen uns die Spannung etwas aufsparen, wo wir schon einmal eine so willkommene Abwechslung in unserem Alltagstrott haben.«

»Ich muss mich für meinen Begleiter entschuldigen«, mischte sich Mok, der zweite Kleinling, ein. »Er kommandiert auch mich gern herum und will stets nur den eigenen Willen durchsetzen. Wir arbeiten beide in der Dunkelseher-Werkstatt, gute zwei Meilen von hier entfernt. Dort macht er das genauso. Also lasst euch davon nicht beeindrucken.«

»Halb so schlimm«, sagte Daron. »Wir sind froh, dass wir jemanden getroffen haben, der kein Trork ist und auch nicht so aussieht wie eine Flügelschlange!«

»Habt ihr Trorks gesehen?«, fragte Mok mit sichtlicher Besorgnis.

Daron nickte. »Ja. Sie sind uns eine Weile gefolgt, aber ich glaube nicht, dass sie uns noch immer auf den Fersen sind. Irgendetwas scheint sie von diesem Land fernzuhalten.«

Mok seufzte. »Ja, ja«, murmelte er. »*Noch* ist das so. *Noch* scheint der Bann vorzuhalten, der uns vor diesen wilden Gesellen und den anderen gefährlichen Kreaturen des Wilderlandes schützt. Aber ich fürchte, das wird sich bald ändern.«

»Nun mach den beiden Elben mal keine Angst, Mok«, tadelte Mik, »und mal den Trork nicht an die Wand, wie man bei uns zu sagen pflegt.« Dann wandte er sich an Daron und Sarwen. »Steigt auf den Wagen! Wir bringen euch in unser Dorf. Aber gebt acht, da steht eine Kiste mit werkstattneuen Dunkelsehern auf der Ladefläche, und die sind sehr empfindlich. Macht sie nicht aus Versehen kaputt!«

»Keine Sorge«, versicherte Daron.

»Komische Leute sind das!«, empfing er im selben Moment Sarwens Gedanken. *»Wer seine Augen in der Nacht mit dunklen Gläsern bedeckt, kann doch nicht ganz richtig im Kopf sein!«*

»Ich weiß«, sandte Daron zurück. *»Aber die beiden Knirpse machen einen weitaus netteren Eindruck als alle Kreaturen, die uns bisher auf unserer Reise begegnet sind, oder?«*

Das gestohlene Juwel

Daron und Sarwen kletterten auf die Ladefläche des Pferdewagens, und Mik stieg wieder auf den Kutschbock. Dann fuhr der Wagen an, und zwar mit einem mächtigen Ruck, der die Holzkiste mit der wertvollen Ladung einmal über die ganze Ladefläche rutschen ließ.

Beiden Elbenkindern gelang es zwar, der Kiste auszuweichen, aber Sarwen sandte ihrem Bruder in Gedanken zu: *»Hoffentlich gibt man nicht uns die Schuld, wenn am Ende was kaputt ist!«*

»Warten wir einfach ab«, gab Daron zurück.

»Immer vorsichtig mit der Kiste!«, rief Mik nach hinten. »Die Dunkelseher werden in den südlichen Ländern, wo die Sonne oft scheint und einen dauernd blendet, zu Höchstpreisen verkauft. Und wir haben die einzige Werkstatt, die sie in dieser Qualität und Stückzahl herstellen kann!« Mik schien richtig stolz auf seine Arbeit.

»Aber dass er auch bei Nacht eines dieser Dinger tragen muss, ist übertrieben«, äußerte Sarwen ihre Gedanken.

»Für Elbenaugen ist so etwas sowieso nichts, denke ich«, war Daron überzeugt.

Mok trieb das Pferd an, und der Wagen schien jedes Schlagloch durchfahren zu müssen. Die Kiste mit den Dunkelsehern hüpfte jedes Mal, und es schepperte darin.

Mik berichtete inzwischen davon, dass ein paar Halblinge die Kiste mit Dunkelsehern in den Süden mitnehmen würden. Dass die Halblinge Verwandte der Kleinlinge waren, wusste Daron aus den Erzählungen von Keandir und Lirandil. Ein Halbling war genau halb so groß wie ein Mensch, und ein Kleinling war wiederum etwa halb so lang wie ein Halbling.

Endlich erreichten sie das Dorf, aus dem die Musik gekommen war. Es wurde immer noch gespielt. Und Daron und Sarwen hörten mit ihren guten Elbenohren sogar die Schritte der Tanzenden.

Das Dorf bestand aus einer größeren Anzahl von Holzhäusern, die alle um ein sehr viel größeres Steinhaus herum errichtet waren. Auf dem Dach des Steinhauses ragte ein Mast empor, der für Daron Ähnlichkeit mit einem riesigen Kerzenständer hatte, nur dass man ganz oben die Kerze vergessen hatte.

Daron blickte zu dem Mast empor, der vom Mondlicht angestrahlt wurde, und dann sah er plötzlich Sarwen an.

»Du spürst es auch, nicht wahr?«, wandte er sich an seine Schwester.

Sie nickte. *»Rarax war hier! Ich bin mir ganz sicher!«*

Der Wagen hielt vor dem Steinhaus, und die beiden Elbenkinder sprangen von der Ladefläche. Bei Mik und Mok dauerte es etwas länger, ehe sie vom Kutschbock gestiegen waren.

»Ihr müsst mir eine Frage beantworten«, wandte sich Daron an die beiden Kleinlinge.

Mik hatte inzwischen seinen Dunkelseher abgenommen. Er rieb sich die Augen. »Bitte, frag ruhig. Sofern jemand wie ich, der so gut wie sein ganzes Leben in diesem Dorf verbracht hat und sehr selten mal herauskommt, dir deine Frage beantworten kann, will ich das gerne tun.«

»Ist hier in eurem Dorf zufällig ein Riesenfledertier aufgetaucht? Es hat große Ähnlichkeit mit einer Fledermaus, ist aber so riesengroß, dass es problemlos vier, fünf Reiter tragen kann, und zwar welche von meiner Größe, nicht von deiner.«

Die beiden Kleinlinge tauschten einen halb erstaunten, halb erschrockenen Blick.

»Ja«, bestätigte Mok anschließend. Er trug einen Schnauzbart, dessen Enden derart gezwirbelt waren, dass er wie die Schnurrhaare eines Fuchses aussah. »Hier war tatsächlich so ein Tier, wie du es beschreibst. Ein riesenhaftes geflügeltes Monstrum. Es ist erst einige Tage her, und alle im Dorf denken immer noch mit Schrecken daran.«

»Wieso?«, hakte Daron nach.

Und Sarwen dachte: *»Wir können nur hoffen, dass Rarax*

hier nichts angestellt hat. Überhaupt erscheint es mir besser, wenn wir nichts davon sagen, dass es uns gehört!«

»Das kann ich euch wohl erklären«, antwortete Mok auf die Frage des Elbenjungen und blickte zum Dach des Steinhauses empor. »Siehst du den Mast, der dort in den Himmel ragt?«

»Der Riesenkerzenständer ist ja wohl schlecht zu übersehen«, meinte Daron.

»Du bist nicht der Erste, der diesen Vergleich zieht«, stellte Mok fest. »Oben in der Metallschale liegt normalerweise ein faustgroßes Juwel mit magischen Eigenschaften. Seit langer, langer Zeit beschützte er unser Dorf vor den Trorks, denn von ihm geht ein Zauber aus, der diese augenlosen Barbaren auf Distanz hält. Sieh uns an, Daron! Wir sind klein, und unsere Waffen belächelt man anderswo als Spielzeug, oder man hält unsere Schwerter für Essbesteck oder Zahnstocher. Wie sollten wir uns gegen die Trorks behaupten außer durch Magie oder irgendeinen Trick?«

»Und was hat das mit dem Riesenfledertier zu tun?«, fragte Sarwen.

Mok sah sie an. »Ganz einfach: Dieses Biest fand das Juwel wohl sehr anziehend. Jedenfalls ist es tief über die Mastspitze hinweggeflogen und hat sich genommen, was es haben wollte.«

»Für uns Kleinlinge hat das natürlich üble Folgen«, mischte sich Mik ein. »Der Zauberbann, der uns schützt, wird von Tag zu Tag schwächer, nachdem uns das Juwel gestohlen wurde. Und das bedeutet auch, dass sich die Trorks immer näher an das Dorf herantrauen.«

»Ehrlich gesagt, sind wir ziemlich verzweifelt«, gestand Mok.

Daron deutete auf die Tür des Steinhauses, aus dem herzhaftes Gelächter und Musik drangen. »Dafür wird hier aber immer noch sehr ausgelassen gefeiert«, stellte der Elbenjunge fest.

Mik und Mok wechselten einen kurzen Blick, und während Mok sich seinen Schnauzbart zwirbelte und Mik die Gläser seines Dunkelsehers am Ärmel putzte, seufzten beide wie aus einem Mund.

»Die meisten versuchen einfach das Leben zu genießen, so lange es noch geht«, sagte Mik schließlich.

»Wir sind da natürlich etwas anders«, ergänzte Mok, »und manche hier im Dorf nehmen uns das übel, weil sie sagen, dass wir ihnen die Stimmung verderben. Aber die Trorks haben bereits gestern eine der Wassermühlen am Fluss überfallen. Das hätten sie früher nie gewagt, weil der Bann des Juwels sie zurückgehalten hätte.«

»Und was gedenkt ihr dagegen zu unternehmen?«, fragte Daron.

Mik und Mok zuckten gleichzeitig mit den Schultern. »Nächste Woche will der König des Kleinling-Reichs eine Versammlung einberufen, in der darüber beraten werden soll«, berichtete Mik.

»Wenn es dann mal nicht schon zu spät ist«, befürchtete

Mok. »Aber lass uns erst mal ins Steinhaus gehen. Dort werdet ihr übrigens auch unseren König sehen.«

»So ist dieser Ort eure Hauptstadt?«, stellte Daron fest.

»Na ja, Hauptstadt – das klingt ein bisschen übertrieben, aber hier gibt es das einzige Steinhaus, und außerdem ist hier genau die Mitte unseres in jeder Beziehung kleinen Reichs«, erklärte Mik. »Das hat auch etwas mit dem Juwel zu tun, denn seine Wirkung ist natürlich schwächer, je weiter man von ihm entfernt ist.«

»Und einen Namen hat dieser Ort nicht etwa?«, hakte Sarwen nach.

»Wozu denn einen Namen? Er heißt einfach das Dorf«, antwortete Mik. »Alle anderen Siedlungen in unserem Reich sind kleiner, sodass die Bezeichnung Dorf bei ihnen völlig übertrieben wäre. Zu Verwechslungen kann es da also nicht kommen.«

»Eine seltsame Logik«, dachte Sarwen an Daron gerichtet, aber sie hütete sich davor, es laut auszusprechen. Schließlich waren sie ja Gäste in diesem Dorf und froh darüber, erst mal Unterschlupf vor den Trorks gefunden zu haben.

Mik und Mok führten sie ins Innere des Steinhauses. Der große Raum, der sich ihnen eröffnete, war voller Kleinlinge, die ausgelassen feierten. Die Decke war ziemlich niedrig, und Daron stieß beinahe mit dem Kopf gegen einen Kronleuchter.

»Ja, du wirst hier etwas auf deinen Schädel achten müssen«, meinte Mik. »Unsere Häuser sind zwar für unserc Halbling-Verwandten gerade noch groß genug, aber für alle, die größer sind, kann es schon Probleme geben.«

Als sie eingetreten waren, waren die meisten Gespräche im Raum verstummt. Die Tanzenden hörten auf, sich im Kreis zu drehen und auf den Boden zu stampfen, und die Musikgruppe, bestehend aus einem Sänger, einem Flöten- und einem Paukenspieler, unterbrach ihr Spiel.

»Wenigstens wissen wir jetzt, dass mit unseren Ohren absolut alles in Ordnung ist, denn wir haben die Instrumente selbst aus großer Entfernung richtig herausgehört«, dachte Daron und wechselte dabei einen kurzen Blick mit seiner Schwester. Diese lächelte zwar, wirkte aber trotzdem recht angespannt, weil die beiden Elbenkinder im Mittelpunkt der Aufmerksamkeit standen.

Auf einem einfachen Holzthron saß der König des Kleinling-Reichs, den die Elben an der schmalen Krone aus Gold und dem Zepter sogleich erkannten. Der Kleinling-König hatte einen langen, grau gelockten Bart und starrte die Besucher stirnrunzelnd und verwundert an. Neben seinem stand ein weiterer Thron, auf dem offenbar seine Gemahlin saß, denn das Haupt der Kleinling-Frau schmückte ebenfalls eine Krone.

»Hast du dir mal überlegt, wie das wird, wenn wir denen beichten, dass ausgerechnet unser Fledertier ihnen

das Zauberjuwel gestohlen hat?«, richtete Sarwen einen Gedanken an Daron.

»Früher oder später werden wir nicht darum herum kommen, ihnen die Wahrheit zu gestehen«, befürchtete Daron.

»Da wäre ich aber lieber etwas vorsichtiger. Schließlich könnte es sein, dass diese bisher so freundlichen Winzlinge dann plötzlich sehr ungehalten reagieren!«

»Aber irgendwann müssen wir es ihnen sagen. Schließlich brauchen wir ihre Hilfe, wenn wir Rarax wieder einfangen wollen. Und dass wir das hinbekommen, ist ja auch im Interesse der Kleinlinge. Immerhin ist das wohl die einzige Möglichkeit für sie, ihr Juwel zurückzubekommen. Und ohne Juwel müssten sie sich anderswo ein neues Land suchen, denn gegen die Trorks werden sie sich nicht behaupten können.«

»Ich würde die Knirpse nicht unterschätzen«, entgegnete Sarwen, die in dieser Hinsicht etwas anderer Meinung war.

Von dieser Gedankenunterhaltung bekam natürlich niemand etwas mit – und das war auch sicher ganz gut so.

Unter denen, die bisher so ausgelassen gefeiert hatten, waren auch ein paar Halblinge, die man aufgrund ihrer Größe auf einen Blick erkennen konnte. Auch sie blickten die beiden Elbenkinder voller Erstaunen an.

Das Reich der Halblinge lag sehr weit im Süden in einem Land, das Osterde genannt wurde. Zum Elbenreich hatte Osterde allerdings wenig Kontakt. Nur einmal hatten

Daron und Sarwen erlebt, dass ein Gesandter von dort am Hof von König Keandir in Elbenhaven eingetroffen war. Das Gastgeschenk, das er aus seiner Heimat mitgebracht hatte, war ein Dunkelseher für König Keandir gewesen, daran erinnerte sich Daron noch genau, denn er hatte darüber nachgedacht, wie jemand so dumm sein konnte, die Leistungskraft seiner Augen absichtlich zu schwächen. Dass dieser Dunkelseher natürlich höchstwahrscheinlich gar nicht von den Halblingen in Osterde, sondern in Wahrheit von den Kleinlingen hergestellt worden war, hatte der Botschafter wohlweislich verschwiegen.

Einige Augenblicke lang sagte niemand in dem Steinhaus des Kleinling-Dorfes ein Wort, und das nutzte Mik aus, indem er vortrat und rief: »Draußen wartet eine Kiste mit Dunkelsehern darauf, dass ein starker Halbling – oder auch zwei – sie vom Wagen schafft!« Mik wandte sich direkt an einen der Halblinge und fuhr fort: »Du wolltest doch in aller früh mit den Dunkelgläsern aufbrechen, Koy. Wir haben sie vor dem Verpacken sogar noch geputzt.«

Der angesprochene Halbling nickte. Er schnippte mit den Fingern und sagte zwei anderen Halblingen, die offenbar seine Diener waren, sie sollten die Kisten vom Wagen holen und auf seinen eigenen umladen.

»Nun wollen wir aber wissen, wen ihr beide uns da als Gäste mitgebracht habt!«, ergriff endlich der König das Wort. »Den spitzen Ohren nach sind es zwei Elben.«

»Und der Größe nach lediglich Elben*kinder*«, warf der

Halbling namens Koy ein, von dem Daron vermutete, dass er ein Händler war.

Der Kleinling-König runzelte die Stirn und rückte sich seine Krone zurecht. Neben ihm saß seine Gemahlin, die offenbar der seltsamen Mode folgte, einen Dunkelseher auch dann zu tragen, wenn die Sonne gar nicht schien. Um besser sehen zu können, ließ die Königin den Dunkelseher etwas die Nase hinabrutschen, gerade so, dass er auf der Spitze noch Halt fand und sie über die Gläser hinwegschauen konnte.

»Unser geschätzter Halbling-Freund Koy Kanjid kann das sicher besser beurteilen als wir«, glaubte die Königin. »Schließlich kommt er viel herum und dürfte schon öfter Elben zu Gesicht bekommen haben. So wird er auch Elbenkinder von erwachsenen Elben zu unterscheiden wissen.«

»Du meinst, erwachsene Elben sind tatsächlich noch größer als die beiden dort?«, wunderte sich der König, dem das etwas zu fantastisch erschien. »Ich weiß nicht ...«

Daron trat mutig ein paar Schritte vor. »Ja, es ist wahr – wir sind tatsächlich Elbenkinder!«, erklärte er.

»Erziehen Elben ihren Nachwuchs so früh zur Selbstständigkeit, dass sie ihre Kinder allein durch die Welt reisen lassen?«, wunderte sich der König. »Nach allem, was man so hört, haben Elben doch nur sehr wenige Kinder. Wie kann euer Volk es da zulassen, dass auf diese wenigen Kinder noch nicht einmal wirklich geachtet wird?« Der

Kleinling-König schüttelte energisch den Kopf. »Das würde ich in meinem Reich niemals zulassen!«

»Vielleicht sollten wir uns erst mal anhören, wie es dazu kam, dass sich diese beiden Elbenkinder so weit von ihrer Heimat befinden«, riet Koy. »Und was mich darüber hinaus persönlich interessieren würde: Wisst ihr, wie es König Keandir geht? Hat er sich inzwischen schon zur Ruhe gesetzt und einen Nachfolger bestimmt?«

»Unserem Großvater geht es gut«, antwortete Sarwen dem Halbling. »Und er ist auch immer noch in Amt und Würden.«

»Euer Großvater?«, sagte Koy erstaunt. »Ihr seid die Enkel des Elbenkönigs?«

»So ist es«, bestätigte Sarwen. »Dies ist mein Bruder Daron, und mein Name ist Sarwen. Und was unsere Reise in dieses Land betrifft, so war sie mehr ein Missgeschick. Wir sind keineswegs freiwillig hier, und beinahe hätten uns die Trorks …«

Koy unterbrach sie. Von Missgeschicken und wilden Trorks wollte er in diesem Moment nichts hören, denn offenbar interessierte ihn etwas sehr viel mehr: »Hat euer Großvater zufällig mal den Namen Jay Kanjid erwähnt?«

Daron und Sarwen sahen sich kurz an.

»Nicht, dass ich wüsste, Sarwen!«

»Da wird der Halbling aber enttäuscht sein!«, antwortete Sarwen in Gedanken.

»Tut mir leid, ich kann mich nicht erinnern«, erklärte der

Enkel des Elbenkönigs laut. »Aber unser Großvater hat schon so lange gelebt und ist so vielen begegnet ...«

»Ja, da war ein Halbling-Händler namens Jay Kanjid vielleicht nicht ganz so wichtig, das verstehe ich schon«, sagte Koy und seufzte.

»Wer war dieser Jay Kanjid?«, wollte Daron wissen.

»Jay Kanjid war mein Vorfahre, und ich trage denselben Familiennamen«, antwortete Koy. »Jays Plan war es, eine Dunkelseher-Werkstatt hier im Reich der Kleinlinge zu errichten. Die haben nämlich viel feinere Hände und sind dadurch jedem größeren Wesen handwerklich überlegen, wie man verstehen wird. Jay Kanjid traf König Keandir im Wilderland, als der gegen die Trorks kämpfte. Davon wird in meiner Familie heute noch erzählt. Na ja, ich gebe zu, dass die alten Geschichten im Laufe der Zeit vielleicht etwas arg ausgeschmückt wurden. Jedenfalls aber hat Jay dann später die Werkstatt gegründet, die ich geerbt habe. Ich mache es noch heute genauso, wie es unser Vorfahre Jay begonnen hat: Die Kleinlinge schleifen die Gläser für die Dunkelseher und setzen sie in die Gestelle, und ich reise regelmäßig in die Länder des Südens, um sie zu verkaufen.«

»Ein einträgliches Geschäft, wie ich denke«, nahm Sarwen an.

»Ja«, bestätigte der Halbling. »Allerdings hatte ich gehofft, dass es noch einträglicher wird, wenn sich die Mode verbreitet, Dunkelseher auch bei Nacht und bei trübem Wetter zu tragen. Hier im Reich der Kleinlinge hat sich das zwar schnell durchgesetzt, aber andernorts leider nicht. Und jetzt kommt auch noch dic Bedrohung durch die 'Trorks hinzu, seit dieses verfluchte fliegende Riesenviech das Juwel gestohlen hat, welches dieses kleine Reich schon seit Urzeiten vor ihnen schützte.«

Ein Raunen ging durch den Raum. Offenbar wollte niemand daran erinnert werden, wie schlimm die Lage der Kleinlinge schon sehr bald werden konnte.

Koy wandte sich an den König. »Ich sage es Euch ganz offen, Majestät: Wenn keine Möglichkeit gefunden wird, das Dorf und die Werkstatt vor den Trorks zu schützen, werde ich meinen Betrieb schließen müssen!«

Das Geraune im steinernen Versammlungshaus wurde noch einmal um einiges lauter.

»Aber was wird dann aus dem Dorf?«, fragte Mik. »Seit den Tagen deines Vorfahren Jay Kanjid arbeitet doch fast jeder hier in der Werkstatt. Und durch die Dunkelseher fließen Silbermünzen in unser Reich, mit denen wir bei den Händlern, die uns besuchen, die Waren bezahlen!«

»Nun, man könnte die Werkstatt natürlich woanders wieder aufbauen. Nur müsstet ihr dann alle mit umziehen. In Osterde ist noch viel Platz.«

Da brach ein Tumult aus. Alle redeten durcheinander, und von der guten Laune, die noch kurze Zeit zuvor geherrscht hatte, war nichts mehr übrig.

»So ein gemeiner Hund!«, rief ein Kleinling.

»Dann lasst uns doch selber eine Werkstatt aufbauen!«

Es ging wild durcheinander, bis schließlich die Königin dem König einen Stups versetzte und dieser sich erhob. »Ruhe jetzt!«, brüllte er und schlug mit dem Zepter zweimal heftig auf die Armlehne seines Throns. Dass er das schon öfter gemacht hatte, konnte man an den vielen Schrammen erkennen, die dort zu sehen waren.

Daraufhin wurde es merklich leiser im Raum.

»Was soll ich denn machen?«, fragte Koy. »Wenn die Trorks demnächst einfach herkommen können, habt auch ihr keine Zukunft mehr in diesem Land! Wollt ihr etwa ständig in der Angst leben, dass die Trorks euch überfallen, euch töten oder entführen? Ohne das Juwel, das müsste doch eigentlich jedem von euch klar sein, ist euer schönes, idyllisches Reich am Ende. Und das hat nichts damit zu tun, dass ich die Werkstatt für Dunkelgläser verlegen werde, sondern damit, dass Trorks nun mal größer und stärker sind als Kleinlinge oder Halblinge und einfach keinen Frieden halten können.«

Ziemlich ärgerlich fuhr der Kleinling-König dazwischen: »Da haben wir so selten so interessante Gäste, und alles, was wir ihnen zu bieten haben, ist, dass wir uns untereinander streiten! Es betrübt mich, dass wir einen solchen Eindruck auf unsere Besucher machen. Im fernen Elbenreich soll man sich nicht Geschichten über streitsüchtige Kleinlinge erzählen, die sich nicht einigen können und ihre Gäste schlecht behandeln!«

»Mit Verlaub, Majestät, vielleicht ist es an der Zeit, dass man sich endlich mal streitet!«, rief ein Kleinling aus der Menge. »Wir können doch nicht einfach so weiterleben wie bisher, als würde es die Gefahr nicht geben, in der wir alle schweben!«

Alle drehten sich nach dem Sprecher um, aber dieser hatte offenbar nicht den Mut, vorzutreten und dem König von Angesicht zu Angesicht die Meinung zu sagen.

»Wer hat das gesagt?«, rief seine Gemahlin empört und erhob sich ebenfalls. Doch niemand meldete sich.

»Ich glaube, jetzt wäre ein guter Moment, mit der Wahrheit rauszurücken«, wandte sich Daron in Gedanken an Sarwen.

»Meinst du wirklich? Ich weiß nicht …«

»Schließlich sind wir daran schuld, dass das Reich der Kleinlinge in so großer Gefahr schwebt!«

»Ja, eben!«

Aber Daron war entschlossen, den Kleinlingen reinen Wein einzuschenken. »Hört mir zu!«, rief er in das betretene Schweigen hinein, das entstanden war. »Die Gefahr, in der sich euer Reich befindet, ist furchtbar, und dass mit den Trorks nicht zu spaßen ist, haben wir leider auch erleben müssen. Aber vielleicht gibt es noch eine Rettung.«

»Die einzige Möglichkeit, unser Land vor den Trorks zu retten, wäre es, das Juwel wiederzufinden«, meinte der König. »Aber wie sollte das geschehen? Dieses Riesenfledertier ist damit auf und davon!«

»Das Fledertier gehört uns«, gestand Daron ein, und er sah, wie bei allen Anwesenden im Raum die Augen größer wurden.

»Das ist keine gute Idee, Daron. Die werden furchtbar sauer auf uns sein«, übermittelte ihm Sarwen auf geistiger Ebene.

Doch es war bereits zu spät.

»Sprich weiter!«, forderte Koy den Elbenjungen auf, um sogleich eine Verbeugung in Richtung König anzudeuten. »Natürlich nur, sofern Ihr erlaubt, Majestät.«

»Ich erlaube es!«, knurrte der König des Reichs der Kleinlinge, auf dessen Stirn eine tiefe Unmutsfalte erschienen war.

»Wir haben diesem Geschöpf einen Namen gegeben – Rarax – und dachten, dass wir es schon völlig gezähmt hätten«, berichtete Daron. »Aber das war offensichtlich nicht der Fall. Auf einem Probeflug verloren wir die Kontrolle. Rarax hat uns sozusagen entführt. Er ist immer weiter und weiter geflogen, und wir konnten nichts dagegen unternehmen. Schließlich hat er uns im Wilderland abgeworfen und ist davongeflogen. Danach muss er wohl irgendwie hierher gelangt sein und hat sich das Juwel geschnappt ...«

Auf Rarax' Spuren

Eine Weile sagte niemand im steinernen Versammlungshaus ein Wort. Dann schüttelte der König mit leidender Miene den Kopf und sagte: »Dann haben wir eurem Leichtsinn das alles zu verdanken.«

»Das stimmt leider«, gab Daron unumwunden zu.

Der Kleinling-König rang die Hände. »Da bekommen wir einmal seit Generationen Besuch aus dem sagenhaften Reich der Elben, das für uns Kleinlinge so etwas wie ein fernes Märchenland ist, und dann bringt uns dieser Besuch so viel Unglück!«

»Aber wir wollen Rarax wieder einfangen!«, entgegnete Daron. »Denn ohne ihn können wir kaum in absehbarer Zeit nach Hause gelangen. Und vielleicht gelingt es uns dann auch, das Juwel wiederzubeschaffen, sodass es zurück an seinen angestammten Platz auf dem Versammlungshaus gelegt werden kann und das Reich der Kleinlinge auch in Zukunft vor den Angriffen der Trorks zu schützen vermag.«

»Das wäre zu schön, um wahr zu sei«, murmelte der König ziemlich mutlos und mit hängenden Schultern.

»Warum sollte das nicht möglich sein?«, fragte Daron. »Wenn wir dem Riesenfledertier nahe genug sind, können wir seine Gegenwart spüren. So hatten uns unsere Sinne vorab verraten, dass es vor kurzer Zeit hier war. Vielleicht hat jemand von euch einen schnellen Pferdewagen oder ein gutes Flussboot, mit dem wir Rarax folgen und ihn vielleicht sogar einholen können.«

»Ein Flussboot?«, fragte Mik. »Das ist keine gute Idee. Das Riesenfledertier ist nach Süden geflogen, also müsstet ihr flussaufwärts fahren, und so viele Ruderer gibt es im ganzen Kleinling-Land nicht, als dass sie gegen die Strömung ankommen könnten.«

»Nach Süden verläuft die Straße, über die ich immer mit meinem Handelswagen fahre«, sagte der Halbling Koy und kratzte sich am Kinn. »Vielleicht könnte *ich* euch helfen.«

»Wohin führt die Straße?«, fragte Daron.

»Sie endet bei der Mühle von Brako dem Müller«, antwortete Koy. »Das ist der südlichste Punkt des Kleinling-Reichs. Danach beginnt das Reich des Knochenherrschers, aber auf meinen Fahrten meide ich dieses Land und weiche stets in einem weiten Bogen nach Osten aus.«

»Von einem Reich des Knochenherrschers habe ich noch nie gehört«, bekannte Daron. »Auf den Karten, die mir mein Großvater zeigte, war kein Land verzeichnet, das diesen oder auch nur einen ähnlichen Namen trug, da bin ich mir ganz sicher.«

»Das wundert mich nicht«, sagte Koy. »Selbst hier bei uns ist ja kaum etwas über dieses Reich bekannt. Angeblich wird es von einem Herrscher regiert, der über starke magische Kräfte gebietet und diese nutzt, um seine Untertanen zu versklaven. Ich würde mir zweimal überlegen, dieses Land zu betreten. Bevor man sich versieht, ist man Sklave dieses Knochenherrschers und ahnt es nicht einmal, weil er einen verhext hat. So ein Risiko würde ich nie eingehen, wenn es sich irgendwie vermeiden lässt.«

»Vor Magie haben wir keine Angst«, sagte Sarwen mit fester Stimme. »Dagegen können wir uns notfalls schützen.« Und während sie dies sagte, wurden für einen kurzen Moment ihre Augen ganz schwarz, was erneut ein Raunen unter den Kleinlingen hervorrief.

»Jedenfalls muss etwas getan werden!«, sagte Daron. »Wenn ihr abwartet, wird alles nur noch schlimmer!«

»Könnte es nicht auch sein, dass die Trorks uns längst vergessen haben?«, äußerte sich da die Gemahlin des Königs. »Vielleicht regen wir uns alle vollkommen umsonst auf. Gut, es hat einen Überfall gegeben – aber das war an der Grenze unseres Reiches. Vielleicht trauen sich die Trorks gar nicht bis ins Dorf, weil das Juwel sie schließlich unzählige Generationen lang davon abgehalten hat.«

»Ich fürchte, da irrt Ihr, Majestät«, erhob ein sehr alter Kleinling das Wort. Er hatte langes graues Haar und einen weißen Bart. Für einen Kleinling war er erstaunlich groß und überragte die anderen um fast einen Kopf.

»Das ist der königliche Juwelmeister«, raunte Mok den beiden Elbenkindern zu. »Seine Aufgabe war es immer, das Juwel zu pflegen. Er hat es in regelmäßigen Abständen vom Mast holen lassen und mit bestimmten Zaubermitteln bestrichen, die seine Wirksamkeit erhöhten.«

Der Juwelmeister trat vor, und offenbar hatten alle anderen großen Respekt vor seinem Amt und seinem Alter. »In unseren alten Schriften ist genau überliefert, wie das Juwel wirkt und vor allem der Bann, mit dem die Trorks ferngehalten wurden. Dieser Bann löst sich nicht sofort auf, sondern lässt langsam nach. Wie schnell, das vermag niemand zu sagen. Aber der Bann wird immer schwächer, wenn das Juwel nicht mehr an seinem Platz ist. Die Trorks werden sich also Tag für Tag etwas näher herantrauen und uns zusetzen.«

Dann wandte sich der alte Kleinling an Daron und Sarwen.

»Euer Riesenfledertier hat eine Katastrophe ausgelöst. Dieses Juwel ist unersetzbar. Unser Vorfahre Nomtro soll es in der Erde gefunden haben, als er das Fundament für das steinerne Versammlungshaus grub, und ein Erdgeist teilte ihm mit, was damit zu tun sei. Aber dieser Erdgeist sagte auch, dass es kein zweites Juwel wie dieses gibt und dass wir es gut bewahren sollen.«

»Was geschehen ist, tut uns sehr leid«, versicherte Daron.

»Und wir werden versuchen, diesen Schaden wiedergutzumachen.«

»Auch wenn ihr beide vielleicht sogar schon älter seid als ich – ich bin zu alt, um euch begleiten zu können«, sagte der Juwelmeister. »Meine Knochen schmerzen, und ich kann kaum noch gehen. Doch wenn ich jünger wäre, ich würde euch helfen.« Er hob den Blick und sah sich um. »Aber vielleicht ist ja jemand anderes hier im Raum bereit, euch zu unterstützen, denn ich glaube nicht, dass ihr die Aufgabe, die ihr euch da stellt, allein schaffen könnt!«

Da meldete sich Koy der Halbling zu Wort. »Mein Angebot steht immer noch! Dies ist zwar das Reich der Kleinlinge, aber hier steht nun mal meine Werkstatt, und hier werden meine Dunkelseher hergestellt. Darum ist für mich die Wiederbeschaffung des Juwels genauso wichtig wie für euch alle hier.«

Er machte eine kurze Pause und wandte sich danach an Daron und Sarwen. »Wie ich schon sagte: Ich werde euch helfen! Der schnellste Wagen soll uns nach Süden bringen – zumindest so weit, wie die Straße durch das Reich der Kleinlinge verläuft.«

»Und ich begleite euch ebenfalls!«, meldete sich Mik.

»Und ich auch!«, verkündigte Mok. »Wenn es uns nicht gelingt, das Juwel zu finden, werden wir ohnehin alle von hier fortziehen müssen.«

»So lasst uns noch heute aufbrechen!«, forderte Daron. »Rarax braucht immer nur kurze Zeit zu ruhen, um sich zu erholen. Wir werden ihn nicht mehr einholen, wenn wir uns nicht schleunigst an seine Fersen heften!«

»Bist du denn sicher, dass dieses Riesenfledertier das Juwel nicht einfach in den Fluss geworfen hat?«, fragte der Halbling Koy.

»Sicher bin ich da nicht«, gestand Daron ein. »Aber ich weiß, wie Rarax sich sonst verhalten hat. Alles, was funkelt, fasziniert ihn, und wenn er meint, dass etwas ihm gehört, ist es manchmal sehr schwer, es ihm wieder wegzunehmen. Ich glaube daher schon, dass er das Juwel behalten hat.«

Die Antwort weckte zwar ein wenig Hoffnung, doch wirklich beruhigen konnte sie den derzeitigen Besitzer der Dunkelseher-Werkstatt nicht ...

Der Halbling Koy wies Mik und Mok wenig später an, die Pferde anzuspannen. »Wir nehmen natürlich nicht die lahme Karre, mit der ihr vorhin von der Werkstatt gekommen seid«, sagte er zu ihnen, »sondern den Vierspänner mit den schnellen Rädern!«

Bevor es dann wirklich losging, servierte man Daron und Sarwen noch eine Mahlzeit, die sie dankbar annahmen. Die beiden hatten zwar kaum Hunger und hätten notfalls noch länger ohne Essen ausgehalten, aber Sarwen meinte, dass es vernünftig wäre, etwas zu sich zu nehmen.

»Wir wissen ja nicht, wann wir das nächste Mal Gelegenheit dazu haben«, sagte sie. »Und außerdem: Was sollten wir im Moment schon tun? Die Kleinlinge antreiben, während sie den Wagen fertig machen?«

Daron konnte sich gar nicht vorstellen, wie die beiden kleinen Knirpse es fertig bringen wollten, die normal großen Pferde an einen normal großen Wagen anzuspannen.

Die Speise, die man ihnen vorsetzte, war geradezu fürstlich, dafür hatte der König Sorge getragen, der mit seiner Königin natürlich am Mahl teilnahm, so wie es das Gebot der Gastfreundschaft forderte. Es gab gebratene Tauben, wie sie auch auf Burg Elbenhaven häufig auf dem Speiseplan standen. Dazu tranken sie Saft, aus Beeren gepresst, die in der Umgebung wuchsen und andernorts völlig unbekannt waren.

Allerdings hockten die beiden Elbenkinder auf dem Boden, weil es in dem Kleinling-Dorf keinen Stuhl in ihrer Größe gab, und sie mussten mit den Fingern essen, denn auch die Bestecke der Kleinlinge waren natürlich für sie völlig ungeeignet. Und so gut das Essen den beiden Elbenkindern auch mundete, waren sie doch mit ihren Gedanken bei Rarax.

»Ich frage mich, was er eigentlich vorhat!«, überlegte Daron. *»Was würde ich dafür geben, mal für ein paar Augenblicke nicht deine Gedanken, sondern seine lesen zu können!«*

»Ich glaube nicht, dass er wirklich einen Plan verfolgt«, antwortete ihm Sarwen. *»Er tut einfach das, was ihm ge-*

rade einfällt, ohne über die Folgen nachzudenken. Er war mit uns in der Luft und hatte plötzlich die Idee, weit, weit wegzufliegen. Er kam ins Wilderland, fand es plötzlich lästig, noch länger zwei Elbenkinder auf dem Rücken zu tragen, und schüttelte uns ab. Und schließlich überflog er dieses Dorf und sah ein Juwel, das ihn in seinen Bann zog und das er unbedingt haben wollte. Also hat er es sich genommen.«

Daron schwieg einige Augenblicke und nagte nachdenklich einen Taubenknochen ab. »*Wenn Rarax wirklich keinen Plan hat, wird seine Verfolgung noch schwieriger*«, meinte er dann. »*Schließlich kann man einen Plan, den es nicht gibt, auch nicht durchschauen!*«

»Solltet ihr denn nicht erst einmal eine Nacht ausruhen, bevor ihr aufbrecht?«, fragte die Königin die beiden Elbenkinder in mütterlicher Sorge.

»Wir Elben kommen mit wesentlich weniger Schlaf aus als Menschen oder Halblinge«, antwortete das Elbenmädchen mit freundlichem Lächeln.

»Das wird dann wohl auch auf Kleinlinge zutreffen«, vermutete die Königin und lächelte zurück. »Ich hoffe nur, dass ihr nicht vor lauter Müdigkeit vom Kutschbock fallt.«

»Keine Sorge«, sagte Daron. »Wir sind ja schon ein Stück mit Mik und Mok gefahren. Da muss man sich die ganze Zeit über gut festhalten, sodass man gar nicht in die Gefahr kommt, zwischenzeitlich einzunicken.«

»Nun, die Fahrweise von Mik und Mok ist eigentlich harmlos«, sagte die Königin, »auch wenn die beiden zum Thronjubiläum meines Mannes die Königskutsche zu Bruch gefahren haben.«

»Oh«, entfuhr es Sarwen.

»Aber diesmal wird Koy auf dem Bock sitzen«, fügte die Königin hinzu, »und der fährt wirklich wie ein Wahnsinniger!«

Der Wagen hatte eine regendichte Fellplane, die über ein Gestell aus Rundbögen gespannt war, und die Räder waren mit einer dunklen Masse beschichtet, die für Daron und Sarwen völlig neuartig war. Daron betastete vorsichtig eines der Räder, bevor er aufstieg. Die Masse klebte ein wenig, löste sich aber nicht vom Holz des Wagenrads.

»Das Zeug kommt aus Erdlöchern in den Bergen von Hocherde«, berichtete Koy der Halbling. »Außerdem sind die Achsen frisch mit Pech eingerieben. Dadurch fährt der Wagen leichter. Bei uns zu Hause im Reich der Halblinge von Osterde ist es üblich, dafür das sogenannte Schmiergeld zu zahlen, wenn ein Fuhrmann seine Achse vor Fahrtantritt mit Pech einschmiert. Pech ist nämlich sehr kostbar, aber in diesem Fall ist mir nichts zu teuer. Schließlich geht es für mich ebenso um alles oder nichts wie für die Kleinlinge.«

Daron bestand trotz aller Warnungen der Königin darauf, sich vorn zu Koy auf den Kutschbock zu setzen, während Sarwen zusammen mit den Kleinlingen Mik und Mok im hinteren Teil des Wagens Platz nahm, wo auch ein paar Kisten mit Proviant untergebracht waren.

Mit einem Schnalzen brachte Koy die vier braunroten Pferde dazu, sich in Bewegung zu setzen, und im nächsten Moment ruckelte der Wagen an. Schließlich fuhren sie die Straße entlang, die Richtung Süden führte, und Koy sorgte dafür, dass der Wagen immer schneller fuhr.

»Was wird denn nun eigentlich aus der Kiste mit den Dunkelsehern?«, fragte Mik den Halbling. Er brauchte noch nicht einmal laut zu schreien, denn aufgrund der besonderen Beschichtung der Räder machte die Kutsche trotz der schnellen Fahrt gar nicht so viel Lärm, wie man es eigentlich hätte erwarten können.

»Eigentlich hatte ich ja vor, mich morgen früh auf eine Fahrt in den Süden zu machen«, erwiderte Koy, »und da hätte ich die Kiste natürlich mitgenommen. Dort im Süden gibt es viele Kunden, die auf nichts so sehnlich warten wie auf einen Dunkelseher, damit sie endlich nicht mehr zu blinzeln brauchen, wenn ihnen die Sonne ins Gesicht scheint.« Er wandte sich kurz Daron zu und fuhr fort: »Wir sind nämlich ziemlich gut im Geschäft, musst du wissen. Eigentlich ist es sogar so, dass wir mit der Produktion nicht nachkommen und große Mühe haben, die Nachfrage nach Dunkelsehern gerade im Süden zu befriedigen.«

»Angeber!«, drang Sarwens Gedanke dazwischen – aber den konnte zum Glück nur Daron vernehmen.

Er musste lächeln. Angeber konnte Sarwen nämlich nicht ausstehen, und Koys großspurige Art hatte sie schon gleich von Anfang an misstrauisch werden lassen.

»Vielleicht sagt er ja auch einfach nur die Wahrheit und ist wirklich so erfolgreich!«, entgegnete Daron auf geistiger Ebene. *»Oder hältst du das von vornherein für ausgeschlossen?«*

»Zu seinem Glück kann das ja hier niemand überprüfen«, meinte Sarwen.

»Weißt du, Daron, mein Geschäft ist mir wichtig«, sprach der Halbling weiter, »und ich werde bestimmt jede Menge verärgerte Kunden haben, weil sie einige Wochen oder sogar Monate länger auf ihren ersehnten Dunkelseher warten müssen. Aber diese Mission, auf die wir uns hier begeben, ist wichtiger.«

»Ja, das denke ich auch«, murmelte Daron.

»Ich will ehrlich sein: Viel Hoffnung hatte ich nicht, überhaupt noch mal die Spur dieses Fledertiers aufnehmen zu können, und ich glaube, so ist es auch allen Kleinlingen und ihrem König ergangen, der lieber laut gefeiert hat, statt sich Gedanken darüber zu machen, wie er sein Reich vielleicht doch noch retten könnte.« Koy atmete tief durch. »Na ja, ich will mich nicht über ihn erheben. Schließlich habe ich ja mitgemacht.«

Koy trieb die vier Pferde in den Geschirren zu noch

größerer Eile an. Sie jagten förmlich die Straße entlang, die sich von Nord nach Süd einmal quer durch das Reich der Kleinlinge erstreckte. Daron konnte sich gerade noch im letzten Moment festhalten und erkannte, wie recht die Königin mit ihrer Warnung gehabt hatte.

Bei der Mühle von Brako dem Müller

Im Morgengrauen erreichten sie die Wassermühle von Brako dem Müller. Sie lag an einem Bach, über den sogar eine kleine Brücke führte, die breit genug war, dass man sie mit einem Pferdewagen überqueren konnte. Auf der anderen Seite des Baches war das Land hügelig, und es gab kaum Bäume.

Neben der Mühle standen noch ein paar weitere Häuser, zum Teil so winzig, dass noch nicht einmal ein Halbling sie betreten konnte.

»Dort wohnen Brakos Gesellen, ihre Frauen und Kinder«, erklärte Koy den beiden Elben. »Alles in allem leben hier vielleicht hundert Kleinlinge.«

»Dies ist also die äußerste Grenze des Kleinling-Reichs«, stellte Daron fest.

Koy nickte. »Das kann man so sagen.«

»Woran liegt das? Weil die Zauberkraft des Juwels nicht weiter reicht als bis hierher?«, fragte Daron. »Oder hausen jenseits der Grenze noch andere feindselige Geschöpfe?«

Koy lachte. »Nein, soweit ich weiß, sind die Trorks nie so weit nach Süden vorgedrungen, und mit anderen Kreaturen haben die Kleinlinge keinen Ärger. Ich weiß nicht, anscheinend hatte noch nie ein Kleinling das Bedürfnis, auf der anderen Seite des Bachs zu siedeln.«

Daron streckte die Hand aus und deutete auf die Straße, die sich auf der gegenüberliegenden Seite der Brücke noch fast hundert Schritt weit fortsetzte und dann plötzlich endete. »Warum bricht die Straße gerade an dieser Stelle einfach ab?«

Koy zuckte mit den Schultern, zügelte die Pferde und zog dann die Handbremse an. »Ich habe keine Ahnung. Es heißt, dass die Straße ursprünglich noch weiter nach Süden reichen sollte, um neue Handelswege zu eröffnen. Aber aus irgendeinem Grund ist das nie geschehen.«

»Warum denn nicht?«

»Weißt du, unsere Kleinling-Verwandten behaupten zwar einerseits, dass sie sich freuen, wenn Besuch kommt, und sie empfangen jeden Händler und jeden Gast zuvorkommend und herzlich, vor allem natürlich, wenn es ein Elb ist, denn die sind besonders selten hier. Aber ich glaube, in Wahrheit wollen sie gar nicht, dass viel mehr andere Wesen ihr Land aufsuchen. Darum haben sie irgendwann entschieden, die Straße nicht fortzusetzen, um es jedem, der hierher gelangen will, nicht allzu leicht zu machen.«

Ein Schnarchen drang von hinten an Darons feine Elbenohren.

»Das ist Mik!«, sagte Sarwen. »Und Mok ist unterwegs auch eingeschlafen. Wie die beiden bei dieser Rüttelei Ruhe finden konnten, ist mir wirklich schleierhaft!«

»Die sind das gewohnt«, erklärte Koy und stieg vom Wagen. Daron folgte seinem Beispiel.

»Spürst du etwas von Rarax' Geist?«, wandte er sich mit einem Gedanken an Sarwen und ließ den Blick schweifen. Gleichzeitig versuchte er mit seinen Elbensinnen und seiner Magie alles zu erfassen, was irgendwie auf das Riesenfledertier hinweisen konnte.

Sarwen stieg ebenfalls vom Wagen. *»Müssten wir nicht auch die Kräfte des Juwels spüren können?«*, wollte sie von Daron wissen. *»Schließlich müsste seine Zauberkraft doch unserer Magie ähnlich sein.«*

»Darüber habe ich auch schon nachgedacht«, gestand Daron. *»Aber ich spüre einfach nichts. Vielleicht liegt es daran, dass wir nicht wissen, wonach wir suchen müssen. Schließlich hatten wir vorher keinen Kontakt zu diesem Juwel.«*

Koy schritt inzwischen auf das Mühlenhaus zu. Er sank auf die Knie und klopfte an die Tür.

Diese wurde im nächsten Moment auch geöffnet, und daraufhin regte sich auch in den anderen Häusern etwas.

»Sei gegrüßt, Brako!«, sprach Koy den Kleinling an, der in der Mühlentür stand.

»Koy, du Riese!«, erwiderte Brako. »Was führt dich denn in dieser frühen Stunde zu meiner Mühle – zu einer Zeit, da ein rechtschaffener Kleinling noch schläft?«

»Wir sind auf der Suche nach dem Riesenfledertier, das das Juwel von unserem Versammlungshaus gestohlen hat«, erklärte Koy.

»Genau hier ist es hergeflogen«, sagte Brako und deutete zum Himmel, »und dann geradewegs auf die Hügelkette dort hinten zu. Meine Gesellen waren übrigens dabei. Überhaupt haben es fast alle, die hier wohnen, mitbekommen!« Brako der Müller trat nach draußen. Ein Kleinling-Kind huschte an seinen Beinen vorbei. Es war gerade mal so groß wie Darons Hand. Es war ein kleiner Junge mit zerzausten Haaren, und seine Hose war an den Knien schon ziemlich durchgescheuert. Er lief auf die Pferde zu, und als das erste Tier plötzlich vor sich hin schnaubte, erschrak der Kleine. Um ein Haar wäre er auf den Hosenboden geplumpst. Er ruderte mit den Armen, um das Gleichgewicht zu halten. Offenbar war er noch dabei, das Laufen zu lernen.

Er lief mit tapsigen Schritten zurück und verkroch sich verschüchtert hinter den Beinen von Brako dem Müller.

»Dieses Ungeheuer ist so schnell geflogen, als ob es vor irgendetwas auf der Flucht gewesen wäre«, berichtete Brako unterdessen. »Zumindest war das mein Gefühl, aber man kann sich ja täuschen.«

»Und das Juwel?«, wollte Daron wissen.

»Das war in seinen Krallen, da bin ich mir ganz sicher«, erklärte Brako. »Meine Güte, dieses Juwel ist schließlich das Wahrzeichen des Kleinling-Reichs! Das würde ich noch im Schlaf erkennen, ganz sicher!« Brako war für einen Kleinling ein recht kräftiger Mann, der allerdings durch seine breiten Schultern noch etwas kleiner wirkte, als er ohnehin schon war.

Er verschränke die Arme vor der Brust und musterte Daron zunächst einmal eingehend. Dann besah er sich Sarwen mit gerunzelter Stirn. »Sag mal, Koy, wen hast du denn da mitgebracht? Gegen die bist selbst du ja ein Zwerg.«

»Es sind Elben«, erklärte Koy. »Genauer gesagt: Elbenkinder.«

Brako machte ein zweifelndes Gesicht. »Elben? Ich dachte, die gäbe es nur in irgendwelchen Geschichten, die man sich nachts am Lagerfeuer oder am Kamin erzählt. Also wenn du mir schon ein Märchen auftischen musst, dann solltest du etwas mehr Fantasie beweisen. Und die musst du schließlich haben, wenn du jemandem in einer regenreichen Gegend und mit einem das ganze Jahr über bewölkten Himmel einen Dunkelseher aufschwatzt! Ich habe diese Heldenlegenden über König Keandir und seinen Kampf gegen das Böse nicht mal geglaubt, als ich noch ein Kind war!«

»Aber diese Geschichten sind wahr«, sagte Koy ruhig.

Brako sah sich die beiden Elbenkinder noch einmal von oben bis unten an und schüttelte dann den Kopf. »Nur, weil du etwas mehr in der Welt herumkommst als so ein einfacher Kleinling-Müller wie ich, denkst du, du kannst mir alles erzählen, was? Die beiden da sehen doch eher aus wie die Kinder von Riesen aus Zylopien!«

Sarwen hörte gar nicht zu. Sie versuchte stattdessen die geistige Spur von Rarax aufzunehmen. *»Vielleicht kann ich ihn sogar erreichen, wenn ich ihn rufe!«*, meinte sie in Gedanken an Daron gerichtet.

»Ich glaube, dazu sind wir zu weit entfernt.«

»Versuchen kann ich es doch!«

Sarwens Augen wurden schwarz, und sie nahm all ihre magische Kraft zusammen, um zu Rarax geistigen Kontakt herzustellen. Vielleicht konnte sie das Riesenfledertier ja wenigstens dazu bewegen, sein Tempo zu verringern oder irgendwo innezuhalten und abzuwarten.

Aber schließlich gab Sarwen auf. *»Du hattest wohl recht, Daron.«* Das Schwarze verschwand aus ihren Augen, doch sie war ganz blass geworden.

Einige der Kleinlinge, die bei der Mühle lebten, waren inzwischen aus ihren Häusern gekommen und hatten alles mitangesehen.

»Wir wissen, dass das Riesenfledertier hier war, und auch, in welche Richtung es geflogen ist«, sagte Daron zu Brako dem Müller. »Eigentlich reicht das, um die Fahrt fortzusetzen. Aber vielleicht hast du ja irgendwelche Neuigkeiten gehört, was dort drüben hinter den Hügeln los ist? Für dich soll es keine Rolle spielen, ob wir nun Elbenkinder oder Riesensprösslinge sind. Wenn es uns gelingt, das Juwel zurückzuholen, profitierst auch du davon.«

Der Müller stemmte die Arme in die Hüften und sah Koy an. »Und du meinst, so spricht ein Kind?«

»Ein Kind, das über hundert Jahre alt ist«, erklärte Sarwen. »Bei Elben kommt so etwas nämlich durchaus vor, wenn das Kind nicht erwachsen werden will.«

Brako der Müller schluckte. »Also ich selbst oder irgendjemand von uns würde niemals hinter die Hügel gehen. Manche sagen nämlich, dass dort bereits das Reich des Knochenherrschers liegt. Andere behaupten zwar, es würde erst einen ganzen Tagesmarsch später beginnen, aber wer will sich darauf schon verlassen? Am Ende ist man verhext und hat keinen freien Willen mehr!«

»Sag uns einfach, was du an Neuigkeiten gehört oder was du gesehen hast«, forderte Koy.

»Nicht viel. Aber was mir aufgefallen ist: Es sind in letzter Zeit viele Blauling-Jäger unterwegs. Wir haben nichts mit denen zu tun. Die lassen uns in Ruhe und wir sie. Aber bemerkt habe ich es trotzdem.«

Die Blaulinge ähnelten in Größe und Körperbau den Menschen und Elben, allerdings war ihre Haut vollkommen blau. Die meisten Angehörigen dieses Volkes lebten im Land Maduan, das sogar zeitweilig einen Botschafter an den Hof des Elbenkönigs Keandir entsandt hatte. Allerdings kam es immer wieder vor, dass Gruppen von Blauling-Jägern weit nach Norden zogen.

»Blauling-Jäger sind doch in dieser Gegend nichts Besonderes«, wandte Koy ein.

»Aber so viele waren es seit Jahren nicht mehr«, erklärte der Müller. »Weiß auch nicht, was die hier suchen. Ob anderswo das Wild knapp geworden ist? Keine Ahnung.« Der Müller machte ein bedauerndes Gesicht und fuhr nach kurzer Pause fort: »Ich würde euch alle ja herzlich gern in die gute Stube bitten, wie sich das für einen Gastgeber gehört, aber ich fürchte, unsere Räumlichkeiten sind für euch zu klein und zu niedrig, von Mik und Mok mal abgesehen.«

»Ist schon gut«, erwiderte Koy. Immerhin war so ein Kleinling-Haus und auch Brakos Mühle nicht so groß wie die steinerne Versammlungshalle im Dorf.

»Allerdings könnt ihr gern eure Pferde bei mir tränken«, bot der Müller an. »Den ganzen Bach werden sie ja wohl nicht gleich aussaufen, auch wenn ihr sie ziemlich gehetzt haben müsst, so wie die dampfen!«

Koy hatte die Pferde tatsächlich ziemlich geschunden, und so bestand Mik darauf, dass man den Tieren zumindest eine kurze Verschnaufpause gönnte. »Die Fahrt über die Hügel wird zudem sehr anstrengend werden«, prophezeite er.

Sarwen, die ein Herz für Tiere hatte, stellte sich auf Miks Seite. »Wir haben einiges aufgeholt, und ich habe das Gefühl, dass wir Rarax schon sehr viel näher gekommen sind. Ich glaube nicht, dass wir ihn noch so leicht verlieren, zumal selbst ein Riesenfledertier hin und wieder eine Pause einlegt, und sei es nur, um sich in der auch für ihn neuen Umgebung umzuschauen.«

Koy zögerte zunächst mit seiner Entscheidung, aber dann gab er schließlich nach. »Nun gut«, meinte er. »Wenn du und dein Bruder meinen, dass wir das Riesenfledertier dennoch schnappen ...«

»Völlige Sicherheit gibt es da nicht«, erklärte Daron. »Aber wenn uns die Gäule später schlappmachen, ist uns damit auch nicht gedient, oder?«

Mik und Mok kümmerten sich um die Pferde, und Sarwen sah ihnen staunend dabei zu, denn es war schon verwunderlich, wie die winzigen Kleinlinge mit den für sie riesigen Tieren umgingen, ohne dass dabei irgendwelche Probleme entstanden. Sie lösten die Pferde aus den Geschirren und führten sie jeweils zu zweit zum Bach, um sie zu tränken.

Koy versuchte aus Brako dem Müller noch ein paar Neuigkeiten herauszubekommen. Auch wenn sich Brako selbst niemals ins Reich des Knochenherrschers oder auch nur in Grenznähe begab, so hatten die vorbeiziehenden Blaulinge keine Scheu, dorthin zu reisen, und manchmal kam es eben doch vor, dass eine Gruppe von ihnen die Mühle aufsuchte, um irgendetwas zu tauschen.

»Die reden nicht viel«, erklärte Brako. »Und schon gar nicht über das, was im Reich des Knochenherrschers geschieht. Glaubst du, ich wäre da nicht auch neugierig? Also an deiner Stelle würde ich es mir noch mal überlegen, ob du diese Reise wirklich durchführen willst. Auf den magischen Schutz dieser seltsamen Riesenkinder würde ich mich jedenfalls nicht verlassen.«

Daron setzte sich neben das Wagenrad, lehnte sich dagegen und döste etwas. Die letzten Tage waren sehr anstrengend gewesen.

Ehe sich Daron versah, war er eingenickt. Er träumte von Blauling-Jägern. Es war ein ganzer Tross, der mit Sack und Pack über das hügelige Grenzland des Knochenherrscher-Reichs zog. Sie führten Pferde mit sich, die sie als Pack- oder Reittiere benutzten, aber die meisten von ihnen gingen zu Fuß. Ihre Bewaffnung bestand zumeist aus Pfeil und Bogen, aber sie trugen auch Schwerter und Äxte mit sich.

Daron wusste über die Blaulinge nicht viel. Nur, dass sie schon das Zwischenland bevölkert hatten, bevor sich Elben und Menschen dort angesiedelt hatten. Der Gesandte, den das von Blaulingen beherrschte Reich Maduan nach Elbenhaven geschickt hatte, war nicht besonders auskunftsfreudig gewesen, und obwohl Daron oft dabei gewesen war, wenn der Botschafter zur Tafel des Königs geladen wurde, hatte er wenig von ihm erfahren. Lirandil der Fährtensucher hatte manchmal versucht, etwas mehr aus dem Blauling herauszukitzeln, allerdings ohne viel Erfolg.

Umso mehr wunderte sich Daron während seines Traums

darüber, wie gut er sich das Leben der Blauling-Jäger vorzustellen vermochte. Das reichte bis in die Einzelheiten ihrer Bewaffnung und Ausrüstung. Zum Beispiel sah er sie ihre Pfeilspitzen in giftige Substanzen tunken, doch dass sie so etwas taten, hatte ihm nie jemand über die Blaulinge erzählt.

Mehr und mehr vergaß Daron, dass es ein Traum war.

Einige der Jäger erblickten einen großen dunklen Schatten am Horizont. Einen Schatten, der nur von den ausgebreiteten Schwingen eines riesigen Ungeheuers verursacht werden konnte.

Die Jäger redeten aufgeregt durcheinander. Pfeile wurden aus den Köchern gezogen, und eine ganze Blauling-Sippe von mindestens dreihundert Kriegern, Frauen und Kindern freute sich bereits auf eine fette Beute.

Das Riesenfledertier jagte heran. Für Daron gab es keinerlei Zweifel, dass es sich um Rarax handelte, der mit mächtigen Schlägen seiner weit gespannten Schwingen auf die Blaulinge zurauschte.

In den Krallen hielt Rarax etwas, das in der Sonne auf ganz besondere Weise funkelte, aber offenbar auch aus sich selbst heraus leuchtete. Das musste das Juwel sein, das Rarax vom Dach des steinernen Versammlungshauses gestohlen hatte.

Rarax stieß einen dumpfen, brummenden Laut aus, so als wollte er die Blaulinge einschüchtern und sie davor warnen, ihn anzugreifen.

Doch da sirrten bereits Pfeile durch die Luft, und ein paar davon trafen die mächtige Kreatur.

Töten konnten die Treffer das Riesenfledertier nicht. Das Gift, mit dem die Pfeilspitzen versehen waren, diente der Betäubung.

Die Flügelschläge des Ungeheuers wurden langsamer und schleppender. Rarax brüllte laut auf. Er versuchte, das Juwel mit seinen Krallen festzuhalten, aber er schaffte es einfach nicht, und das Juwel fiel zu Boden. Dabei leuchtete es auf, sodass die Blaulinge ihm staunend nachstarrten, bis es in das weiche Gras auf den Hügeln schlug.

Die Blaulinge heulten triumphierend auf, und sogleich liefen einige der Krieger los, um diesen zweifellos sehr wertvollen Stein an sich zu nehmen.

Aber auch Rarax selbst vermochte sich nicht länger in der Luft zu halten. Er landete hart auf dem Boden, nachdem er seine Flügel kaum noch bewegen konnte. Ein jämmerlicher krächzender Laut drang aus seinem Maul. Aber damit konnte er den Blauling-Jägern, die ihm nun zusetzten, keine Angst mehr machen.

Johlend und ihre Waffen schwenkend liefen sie auf das Riesenfledertier zu und umringten es. Rarax war nicht mehr fähig, sich zu wehren, als die Blauling-Jäger damit anfingen, Seile über das Tier zu werfen und es zusammenzuschnüren.

Daron schreckte auf und sah sich verwirrt um.

Schließlich beruhigte er sich etwas. Es war alles nur ein Traum, ging es ihm durch den Kopf, und er atmete tief durch.

»Was ist los mit dir?«, fragte Sarwen. Sie hatte gespürt, dass mit ihrem Bruder irgendetwas nicht stimmte, und war deshalb zu ihm gelaufen.

Daron erhob sich und wischte sich mit der Hand übers Gesicht. Dann murmelte er eine magische Formel, die ihm half, Klarheit in seinen Geist zu bringen.

»Ich habe von Rarax geträumt«, sage er mit ernstem Gesicht. »Es war nicht einfach nur ein gewöhnlicher Traum, davon bin ich überzeugt.«

»Du meinst, es war ein seherischer Traum?«

»Ja, das könnte sein.«

Seherische Träume, in denen sich die Zukunft oder Geschehnisse an weit entfernten Orten zeigten, waren bei den Elben nichts Ungewöhnliches, und das galt umso mehr für zwei magisch dermaßen begabte Elben wie Daron und Sarwen. Allerdings hatte Daron zum ersten Mal einen derartigen Traum gehabt, in dem Rarax eine Rolle spielte.

»Rarax wurde von Blauling-Jägern gefangen genommen – und das Juwel ist auch in ihren Besitz gelangt«, eröffnete er seiner Schwester.

»Und du glaubst wirklich, dass das nicht einfach nur ein Tagtraum war, wie man ihn auch ab und zu mal hat?«, vergewisserte sich Sarwen.

»Ja.« Hatte Daron zuerst doch ganz leichte Zweifel gehegt, so waren diese inzwischen vollständig verflogen.

Später, als er wieder neben Koy dem Halbling auf dem Kutschbock saß, sprach Daron mit ihm über seinen Traum.

»Bei uns glaubt man nicht, dass Träume irgendeine Bedeutung haben«, erklärte Koy. »Und mit ›uns‹ meine ich sowohl die Halblinge in Osterde als auch unsere Verwandten, die Kleinlinge, hier im Norden.«

»Aber vielfach kann man in Träumen etwas über die Zukunft erfahren«, wandte Daron ein. »Oder zumindest etwas über sich selbst, über die eigenen Ängste und verborgenen Wünsche.«

»Also ich an deiner Stelle würde mir den Glauben an die Macht von Träumen schleunigst abgewöhnen«, riet ihm Koy. »Du belastest dich nur mit quälenden Fragen und schläfst dann schlecht. Das sollte sich meiner Ansicht nach niemand antun.«

»Aber ich baue auf meine Träume«, widersprach Daron. »Und dieser Traum hat mir etwas gezeigt, das entweder schon geschehen ist oder noch passieren wird, da bin ich absolut sicher. Immerhin bin ich kein magisch Minderbegabter wie Waffenmeister Thamandor.«

»Wie wer?«, fragte Koy.

»Spielt keine Rolle, den kennst du nicht. Wichtig ist

nur, dass Rarax höchstwahrscheinlich gefangen genommen wurde und sich das Juwel jetzt in den Händen der Blaulinge befindet. Oder aber dies wird in nächster Zeit passieren.«

»Na ja, ein bisschen weit hergeholt finde ich das schon, aber …«

»Was würden die Blaulinge mit einem Riesenfledertier und einem Juwel dieser Größe anfangen, Koy?«, fragte der Elbenjunge. »Du kennst doch die Verhältnisse hier besser.«

Koy zuckte mit den Schultern. »Normalerweise verkaufen die Blaulinge alles, was sich irgendwie tauschen oder zu Geld machen lässt. Hast du zufällig auch noch geträumt, in welche Richtung wir uns halten müssen?«

»Leider nicht. Aber ganz am Schluss, da habe ich kurz eine Stadt gesehen, die an einem See entlangführte.«

»Skara, die Hauptstadt des Knochenherrschers, liegt an einem See«, erläuterte Koy. »Ich weiß von vielen Blaulingen, dass sie dorthin reisen, wenn sie etwas verkaufen wollen, meistens die Felle ihrer Jagdbeute, aber auch seltene Tiere – oder eben einen Edelstein mit Zauberkraft, der ihnen vor die Füße gefallen ist.«

»Haben die Blaulinge nicht Angst, dass der Knochenherrscher sie mit seiner Magie versklavt?«, erkundigte sich Daron.

»Der Knochenherrscher versklavt nur diejenigen, bei denen er sich einen Vorteil davon verspricht«, antwortete

Koy. »Ich kenne mich zwar mit Magie nicht aus, aber so etwas soll enorm kraftraubend sein. Und was die Blaulinge betrifft, so hat er einen größeren Vorteil davon, wenn sie immer wieder in sein Reich kommen und begehrte Waren von außerhalb mitbringen.«

»Warum treibst du dann keinen Handel mit diesem Reich und durchquerst es auf deinen Reisen normalerweise nicht mal?«, wollte Daron wissen. »Der Knochenherrscher müsste es doch auch als vorteilhaft ansehen, mit dir Geschäfte zu tätigen, schließlich dürften deine Waren erlesener und von besserer Qualität sein als das, was ihm die Blaulinge bringen.«

»Meine Güte, du fragst einem ja Löcher in den Bauch!«, beklagte sich der Halbling. »Gestattet man das Elbenkindern?«

»Am Hof meines Großvaters hält man so etwas für Wissbegier und nicht für lästig.«

»Nun, da kann man sicher geteilter Meinung sein. Aber ich werde dir deine Frage dennoch beantworten: Ich meide den Knochenherrscher und will nichts mit ihm zu schaffen haben, denn diese Kreatur ist mir unheimlich, und ich könnte niemals sicher sein, dass er es sich nicht plötzlich anders überlegt und mich doch versklavt.«

»Hat der Knochenherrscher eigentlich auch einen richtigen Namen?«

Koy lachte heiser. »Es ist ihm bestimmt mal einer gegeben worden, aber aus irgendeinem Grund mag er ihn nicht. Wer diesen Namen öffentlich ausspricht, muss damit rechnen, dass er mit dem Tode bestraft wird. Man sagt, dass der Knochenherrscher in Wahrheit schon seit langer Zeit nicht mehr lebt und sein Körper tatsächlich nur noch aus Knochen besteht, die durch pure Magie zusammengehalten werden. Aber was von diesen Geschichten stimmt, weiß ich nicht. Wahrscheinlich wird das auch nie jemand überprüfen.«

Während sie weiterfuhren und die Räder des Wagens überraschend leicht über den unebenen und manchmal ziemlich weichen und bewachsenen Untergrund rollten, hörte Daron zu, was Koy der Halbling so alles von anderen Reisenden über das Reich des Knochenherrschers gehört hatte. So sollten dort neben Menschen und Blaulingen auch zahlreiche Whanur leben. Das waren Echsenmenschen, die vor allem als Wächtergarde des Herrschers angeheuert wurden, da sie als sehr zuverlässig und mutig galten.

»Außerdem sollen sie besonders empfänglich für die magischen Eingebungen des Herrschers sein«, setzte Koy hinzu. »Man kann sie also besonders leicht beeinflussen ...«

Im Reich des Knochenherrschers

Nachdem sie einen Tag lang über das hügelige Land gefahren waren, kampierten sie in der Nacht an einer geschützten Stelle.

In der Ferne hatten sie ein paar Gruppen von Blaulingen gesehen – Jäger und Händler, wie man gleich an den Jagdwaffen beziehungsweise den vollbeladenen Karren erkennen konnte, die manchmal von Pferden, manchmal aber auch von Ochsen gezogen wurden.

»Da diese Gruppen in dieselbe Richtung ziehen wie wir, werden wir wohl nicht auf einem völlig falschen Weg sein, der uns ins Nichts führt«, war Mik überzeugt.

Zusammen mit Mok hatte er versucht, ein Feuer zu entzünden, was aber aus irgendeinem Grund nicht so recht klappen wollte. Vielleicht war das Holz zu feucht, oder sie hatten einfach nicht genügend Geduld.

Daron wollte erst mit einem Brandzauber etwas nachhelfen, aber Sarwen hielt ihn davon ab.

»Die werden nicht dankbar, sondern neidisch sein«, ver-

nahm er ihre Gedankenstimme. *»Ich nehme an, dass wir unsere Kräfte noch dringend brauchen werden.«*

»Hast du auch das Gefühl, dass wir uns Rarax nähern?«, fragte er sie.

»Nein.«

»Aber ich spüre seine Anwesenheit stärker als zuvor!«

»Ja, mir geht es ebenso, Daron. Ich habe lange darüber nachgedacht und bin zu dem Schluss gelangt, dass wir ihn deshalb deutlicher wahrnehmen können, weil es ihm nicht gut geht.«

Daron nickte leicht. *»Das würde zu meinem Traum passen.«*

Schon vor Sonnenaufgang brachen sie wieder auf.

Gegen Mittag kam ihnen eine Gruppe von Whanur entgegen. Die grün geschuppten Echsenmenschen waren etwa so groß wie Elben und Menschen. Aus ihren Mäulern zuckten gespaltene, schlangenartige Zungen hervor. Sie verfügten weder über Pferde noch über Ochsen oder irgendwelche anderen Zugtiere. Ihre überladenen Karren zogen sie selbst.

Koy zügelte die Pferde, als er den Zug sah.

»Meine Güte, was stinkt denn hier so nach Fisch?«, rief Mik. Der Kleinling verzog angewidert das Gesicht. »Hast du mal wieder irgendwas ins Gepäck geschmuggelt, das nach einer Weile so einen furchtbaren Geruch entfaltet?«, wandte er sich an Mok.

»Wo denkst du hin!«

»Gegen grelles Licht kann man ja einen Dunkelseher aufsetzen, aber vielleicht sollten wir einen Dunkelriecher erfinden, der einen vor schlechten Gerüchen schützt. Und dann machen wir uns damit selbstständig und gründen eine Werkstatt, so wie es Koys Vorfahre einst getan hat.«

»Und werden reich dabei!«, ergänzte Mok und rieb sich vor Freude bereits die Hände. »Keine schlechte Idee.« Dann verdüsterte sich sein Gesicht. »Die hat nur einen Haken.«

»Und der wäre?«

»So etwas gibt es schon.«

»Was?«

»Nimm einfach eine Wäscheklammer und klemm sie dir auf die Nase!«

Wäscheklammern wurden von den geschickten Kleinling-Handwerkern selbst hergestellt, und Koy hatte schon des Öfteren überlegt, auch sie in andere Länder zu verkaufen, da Wäscheklammern dort unbekannt waren. Aber das war vielleicht mal ein Plan für die Zukunft. In diesem Augenblick wollte Koy vorerst nur, dass die beiden Kleinlinge still waren.

»Ruhe dahinten! Der Geruch kommt wahrscheinlich daher, dass auf den Karren der Whanur reichlich Fisch geladen ist.«

»Sagtest du nicht, dass die Hauptstadt des Knochenherrschers an einem See liegt?«, mischte sich Daron ein.

»Richtig«, bestätigte Koy.

»Dann wird es dort Fisch geben, also kommen diese Whanur von dort. Vielleicht haben sie etwas gesehen.«

»Ich wäre vorsichtig und würde sie nicht unbedingt ansprechen«, riet ihm Koy. »Wie ich dir schon mal sagte, dienen die meisten von ihnen in der Wächtergarde des Knochenherrschers als Krieger.«

»Aber die dort sind nur leicht bewaffnet. Ich glaube nicht, dass es sich um Krieger handelt. Und der Fischgestank spricht auch eher dafür, dass es Händler sind.«

Daron sprang vom Wagen und lief den Whanur entgegen.

Die stoppten ihren Zug, zu dem fünf vollbeladene Karren gehörten. Der Gestank war für Darons feine Elbennase fast unerträglich. Also dämpfte er seinen Geruchssinn mit einer Zauberformel etwas ab, damit er sich auf ein Gespräch mit den Echsenmenschen konzentrieren konnte.

»In welcher Sprache willst du sie überhaupt ansprechen?«, sandte ihm Sarwen einen Gedanken.

»Ach, die werden schon irgendeine Sprache beherrschen, die auch wir gelernt haben«, war Daron ganz zuversichtlich. *»Notfalls muss es eben durch magisches Gedankenlesen gehen, auch wenn das verflucht anstrengend ist, wenn der andere einem nicht so vertraut ist wie du mir.«*

Die Whanur ließen ihre gespaltenen Zungen aus den Mäulern schnellen, wobei zischende Laute entstanden. Auf diese Weise nahmen sie die Witterung des sich nähernden

Elbenjungen auf, um ihn gegebenenfalls wiederzuerkennen. Die grüne Schuppenhaut glänzte leicht in der Sonne.

»Hast du Hunger auf Fisch?«, fragte schließlich einer der Whanur. Alle Whanur trugen sehr bunte Gewänder, aber dieser Echsenmensch fiel selbst unter ihnen noch einmal auf, weil sein Gewand aus unzähligen, verschiedenfarbigen Stoffstücken zusammengesetzt schien. Er hatte Daron in einer der Menschensprachen angesprochen, die der Elbenjunge damals in Elbenhaven hatte lernen müssen. Es war sogar möglich, dass der Whanur ihn mit einem Menschen verwechselte.

»Nein danke, wir haben ausreichend Proviant«, erklärte Daron.

»Dann weiß ich nicht, was du von uns willst. Dass wir Fischhändler sind, müsstest du doch riechen. Ihr Menschen seid da ja ein bisschen empfindlich.«

»Wir sind auf der Suche nach einem Riesenfledertier«, erklärte Daron. »Es sieht aus wie eine riesige Fledermaus. Zumindest hat es damit eine Ähnlichkeit. Dieses besondere Riesenfledertier könnte auch noch einen faustgroßen Stein bei sich gehabt haben. Ein Juwel, das leuchtet und das man deswegen eigentlich nicht übersehen kann.«

Der Whanur wechselte ein paar Worte mit seinen Begleitern, und er benutzte dafür eine Sprache, die sich anhörte wie ein sich ständig veränderndes Zischeln.

Schließlich wandte er sich wieder dem Elbenjungen zu und trat sogar noch etwas vor. »So ein Tier haben wir gesehen«, erklärte er. »Eine Sippe von Blaulingen hat es gefangen und uns zusammen mit einem großen leuchtenden Stein zum Verkauf angeboten. Wir haben an dem Tier gerochen und es geprüft, aber man kann es unserer Meinung nach nicht essen, und es zu zähmen erschien uns zu schwierig. Außerdem war der Preis, den die Blaulinge dafür forderten, auch viel zu hoch.«

»Also doch!«, dachte Daron so intensiv, dass Sarwen es mitbekam. *»Es ist wie in meinem Traum!«*

»Wohin ist die Blauling-Sippe gegangen?«, erkundigte er sich bei dem Echsenmenschen.

»Richtung Westen, genau dorthin, woher wir kamen. Der Anführer sagte, dass er auf dem Markt von Skara das Doppelte von dem bekommen würde, was er von uns verlangt hat.« Der Echsenmensch stieß ein Zischeln aus, dass Daron wie leises Gelächter vorkam. Dafür öffnete der Whanur das Maul und entblößte ein Gebiss aus messerartigen, scharfen Zähnen. »Diese Blaulinge sind doch Narren!«

»Weshalb?«

»Solche Riesenfledertiere gehörten früher zu den Geschöpfen, die Xaror dienten, dem Herrscher des Bösen, bevor er besiegt wurde. Und auch dieses Juwel hatte etwas Besonderes, auch wenn ich es nicht erklären kann. Aber ein gewöhnlicher Edelstein ist das nicht und ...« Der Rest des Satzes wurde von einem feuchten Zischen überdeckt. »Genau für solche Dinge interessiert sich der

Knochenherrscher«, fuhr der Echsenmann in der Sprache der Menschen fort. »Alles, was mit dunkler Magie zu tun hat, fasziniert ihn.«

»Dann werden die Blaulinge das Riesenfledertier und den Stein vielleicht an ihn verkaufen wollen«, vermutete Daron.

»Das ist anzunehmen«, sagte der Whanur, »aber diese Narren werden so gut wie nichts dafür erhalten. Der Knochenherrscher hat zwar in seiner Hauptstadt einen großen Markt eingerichtet, auf dem auch ehrlich gehandelt wird, aber wenn er selbst etwas erwerben will, betrügt er.«

»Durch Magie?«

»Ganz genau. Er nimmt sich einfach, was er haben will, und lässt die Verkäufer denken, sie hätten ein gutes Geschäft gemacht. Wir selbst sind auch schon mal auf ihn hereingefallen. Seitdem handeln wir nur noch mit Dingen, von denen wir wissen, dass sie dem Knochenherrscher gleichgültig sind.«

»Gut zu wissen«, sagte Daron. »Wie groß dürfte der Vorsprung sein, den die Blaulinge mit ihrer Beute haben?«

»Ihr werdet sie wahrscheinlich nicht einholen können, bevor sie den See von Skara erreichen, von wo wir gerade kommen. Die Hauptstadt liegt aber auf der anderen Seite des Sees. Ob ihr die Blaulinge noch erwischen könnt, liegt daran, ob gerade eine Fähre frei ist, die euch zur anderen Seite bringt.«

Daron bedankte sich bei dem Whanur für seine Auskünfte, verabschiedete sich in aller Höflichkeit und ging zurück zu Koys Wagen.

»Eins muss man dir lassen, Junge«, sagte der Halbling, »du hast diplomatisches Talent.«

»Sagt Großvater das nicht auch immer?«, meldete sich Sarwen, die das natürlich mitbekommen hatte, mit ihren Gedanken zu Wort.

»Ja, aber der sagt das immer mit einem Hintergedanken«, gab Daron zurück.

»Vielleicht stimmt es ja auch einfach nur. Meinst du etwa, er würde einen Nachfolger wollen, der dieses Verhandlungsgeschick nicht hätte?«

»Hättest du nicht Lust, bei mir einzusteigen, wenn das alles hier vorbei ist, und Händler zu werden?«, schlug Koy dem Elbenjungen vor. »Aber ich nehme an, der Sohn des Elbenkönigs hat da ein wenig andere Pläne.«

»Ehrlich gesagt, habe ich noch gar keine Pläne«, erwiderte Daron.

Koy ließ den Wagen wieder anrollen, während auch die Whanur weiter ihres Weges zogen. Der Fischgeruch lag den beiden Elbenkindern allerdings noch eine ganze Weile in der Nase.

Die Sonne stand schon tief, als sie in der Ferne ein gewaltiges blaues Band auftauchen sahen, das sich über den gesamten Horizont erstreckte.

»Das muss der See von Skara sein«, meinte Daron. »Ich hätte nicht gedacht, dass er so groß ist. Das ist ja fast ein Meer!«

Auf einer Anhöhe gönnte Koy den Pferden eine kurze Verschnaufpause. Von dort aus konnte man das ganze Gebiet gut überblicken.

Am Seeufer gab es mehrere kleinere Ortschaften, die kaum größer waren als das Hauptdorf der Kleinlinge, auch wenn die einzelnen Häuser natürlich nicht so winzig waren.

»Diese Holzhütten, deren Dächer mit behandelten Fellen gedeckt sind, sind typisch für die Bauweise der Blaulinge«, erklärte Koy. »Und die runden Lehmhäuser gehören ganz sicher einigen Whanur, die sich hier niedergelassen haben.«

»Und was ist mit den Riesenhäusern dort vorne?«, fragte Daron und deutete zu ein paar Gebäuden, die so hoch waren wie ein drei- oder vierstöckiges Haus in Elbenhaven und trotzdem nur ein einziges Stockwerk hatten. Das erkannte man an den Türen, die nämlich fast bis unter das spitz zulaufende Dach ragten. Darüber hinaus waren die Häuser aus besonders großen Steinblöcken errichtet.

In der ganzen Gegend, die sie bisher durchfahren hatten, war nirgends solch ein Gestein zu sehen gewesen. Also musste es von weither herangeschafft worden sein, was recht ungewöhnlich war. Schließlich lebten in den Dörfern am See keine Könige oder hohe Herrschaften, sondern einfache Fischer und Kaufleute.

»Das sind die Häuser von Riesen aus Zylopien«, erklärte Koy. »Ich nehme an, dass der Knochenherrscher sie für Bauarbeiten anheuert.«

»Von den Zylopiern habe ich schon gehört«, sagte Daron. »Sie sind bärenstark, aber äußerst friedlich. Die Grenzmauer, die das Elbenreich lange Zeit vor den Angriffen der Menschen geschützt hat, wurde mit Hilfe dieser Riesen gebaut.«

»Habt ihr Elben nicht genug Magier, die solche Mauern mit ihren Kräften erschaffen können?«, wunderte sich Koy. »Zumindest gibt es darüber viele Geschichten.«

»Das stimmt auch. Aber mein Großvater hat damals darauf bestanden, dass wenigstens ein paar echte Steine in die Mauer eingelassen wurden, damit sie besser hält. Wenn man allein mit Magie erschaffene Bauwerke nämlich nicht regelmäßig und gut genug pflegt, verschwinden sie irgendwann einfach.«

Koy seufzte. »Tja, diese Probleme will sich wohl auch der Knochenherrscher lieber ersparen.«

Wie sich herausstellte, konnten Koy und die beiden Kleinlinge Mik und Mok das andere Ufer des Sees von Skara nicht einmal von dieser Anhöhe aus sehen. Daron und Sarwen allerdings hatten mit ihren scharfen Elbenaugen überhaupt keine Probleme, die dort hoch aufragenden Gebirge auszumachen und die davor stehenden Gebäude, Türme und Mauern mit Zinnen.

»Eine Stadt!«, erkannte Daron.

Das musste Skara sein, die Stadt des Knochenherrschers. Und weit entfernt auf dem in der Abendsonne glitzernden See sah Daron auch ein Segel. Es gehörte zu einem Schiff, das wohl gerade zum anderen Seeufer aufgebrochen war.

»Hoffentlich ist das nicht die einzige Fähre, und wir müssen erst darauf warten, dass sie zurückkehrt«, meldete sich Sarwen auf geistiger Ebene bei ihrem Bruder.

Das Schiff der Riesen

Koy fuhr mit dem Wagen in jenen Ort an der Küste des Sees, an dem er von der Anhöhe aus die meisten und größten Schiffe gesehen hatte.

Er erkundigte sich nach den Fähren, die Reisende über den See brachten, und wurde schließlich an einen Whanur verwiesen, der ein Lehmhaus ganz in der Nähe des Seeufers bewohnte. Es war das größte Lehmhaus im Ort. Nur die Häuser der Zylopier waren noch größer, doch von denen gab es keine in diesem Dorf. Dem Whanur schien es nicht schlecht zu gehen.

Er hieß Sssorrr. Zumindest klang so der Name, mit dem er sich vorstellte. Er begann mit einem langen Zischen und hörte mit einem tiefen Gurgeln auf, und weder Daron noch Sarwen glaubten, diesen Namen jemals korrekt aussprechen zu können. Aber das konnten die Menschen, Riesen und sonstigen Bewohner der Küste sicherlich auch nicht, und trotzdem wusste jeder, wer gemeint war.

Denn Sssorrr war eine wichtige Persönlichkeit. Ihm

gehörten mehrere Fährschiffe, die regelmäßig über den See fuhren, je nach Bedarf sogar mehrmals täglich.

»Wir müssen unbedingt so schnell es geht auf die andere Seite des Sees«, sagte Daron drängend.

»Und ihr wollt den Wagen und die Pferde mitnehmen?«, fragte der Echsenmann.

»Hier zurücklassen wollen wir sie auf keinen Fall«, mischte sich der Kleinling Mik ein und erhielt dafür von Koy einen tadelnden Blick. Nach Ansicht des Halblings sollte sich Mik wohl besser zurückhalten.

Sssorrr musterte den Elbenjungen leicht misstrauisch. Dann sagte er: »Tut mir leid, es ist im Moment kein Fährschiff frei!«

»So ein Lügner!«, meldete sich Sarwen mit ihren Gedanken bei Daron. *»Am Landungssteg liegen zwei große Schiffe, die von der Bauweise her dem Fährschiff gleichen, das wir von der Anhöhe aus gesehen haben!«*

»Gehören dir nicht die beiden Schiffe dort?«, fragte Daron und deutete mit ausgestreckter Hand in die entsprechende Richtung. Eine gemischte Mannschaft aus Blaulingen und Menschen war gerade damit beschäftigt, die Gaffel mit den Segeln hochzuziehen und alles für die Abfahrt klarzumachen.

»Entweder will er nur uns nicht mitnehmen oder den Preis hochtreiben!«, war Sarwen überzeugt.

Sssorrrs Antwort war mit so vielen Zischlauten unterlegt, dass man ihn nur schwer verstehen konnte, als er sagte: »Das sind meine Fährschiffe, da hast du schon recht.«

»Wir werden gut für die Überfahrt bezahlen«, versprach Daron. »Wieso bringst du uns nicht hinüber?«

»Weil beide Schiffe ausgebucht sind, bis auf den letzten Platz besetzt. Mit zylopischen Riesen, die unser aller Herrscher angefordert hat, um eine Baumaßnahme in seiner Burg durchführen zu lassen. Und unser Herrscher schätzt es nicht, wenn sein Wille nicht erfüllt wird. So viel könntet ihr mir gar nicht zahlen, dass ich es riskiere, seinen Zorn auf mich zu ziehen.«

Die Schlangenzunge des Whanur kam hervor und verschwand blitzschnell wieder in seinem Maul. Schließlich hob der Echsenmensch bedauernd die Schultern.

»Tut mir leid. Ich würde ja ansonsten empfehlen, sich an die Fischer zu wenden, aber erstens sind die Fischerboote alle zu klein, um euren Wagen und die Pferde aufzunehmen, und zweitens dämmert es bald, und bei Sonnenuntergang fahren die Fischer hinaus auf den See, weil sie in den Nächten einen besseren Fang machen.«

»Und wenn du nur zwei von uns mitnimmst?«, fragte Daron den Whanur. »Meine Schwester und mich. Wir sind nun wirklich nicht so groß und schwer, dass davon das Schiff gleich untergeht. Irgendwo zwischen all den Riesen wird doch sicherlich noch ein kleines Plätzchen für uns sein.«

Der Whanur öffnete das Maul und zeigte die scharfen Zähne. Dazu zischte und gurgelte er.

»Dann nehme ich den doppelten Preis«, sagte er schließlich. »Für das Risiko.«

»Wie gesagt, vom Gewicht her …«

»Nein, ich meine das Risiko, dass die Zylopier sich später beim Knochenherrscher beschweren, dass es für sie zu eng war, und ich dann Ärger kriege«, zischte Sssorrr.

Koy bezahlte die Überfahrt. Seine Silbermünzen wurden von Sssorrr gern als Zahlungsmittel angenommen.

Allerdings fand der Halbling den Gedanken, dass Daron und Sarwen allein nach Skara übersetzten, gar nicht gut.

»Es geht aber doch nicht anders«, sagte Sarwen. »Und vielleicht ist es auch ganz gut so, dass nur Daron und ich hinüberfahren. Denn wir können uns besser vor Magie schützen. Außerdem erregen wir wahrscheinlich zu zweit auch weniger Aufsehen.«

Koy lachte auf. »Dass du dich da mal nicht irrst!«

»Wieso?«

»Zwei Elbenkinder wecken überall Aufmerksamkeit. Das lässt sich gar nicht vermeiden.« Koy seufzte. »Noch könnt ihr es euch anders überlegen. Und es gäbe ja auch die Möglichkeit, auf dem Landweg nach Skara zu gelangen. Dann müsste man allerdings den halben See umrunden.«

»Und wer weiß, was bis dahin schon alles geschehen ist«, gab Daron zu bedenken und schüttelte energisch den Kopf. »Nein, nein, so ist es schon die bessere Lösung.«

Und Sarwen ergänzte in Gedanken: *»Hauptsache, wir beide sind uns darüber einig, Bruderherz!«*

Bis zur Abfahrt der Schiffe blieb noch ein wenig Zeit, denn die Zylopier kräftigten sich gerade bei einer Mahlzeit – und eine Mahlzeit bei diesen Riesen konnte sich eine ganze Weile lang hinziehen.

So hörten sie sich ein bisschen um und erfuhren, dass Rarax und die Blauling-Gruppe, die ihn gefangen genommen hatte, schon am Morgen mit einer von Sssorrrs Fähren übergesetzt hatte. Sssorrr selbst sprachen sie darauf natürlich nicht an, schon deswegen nicht, um keinen unnötigen Verdacht zu erregen. Schließlich war der Whanur dem Knochenherrscher offenbar treu ergeben, auch wenn Daron und Sarwen sich nicht ganz sicher waren, ob er unter dessen magischem Bann stand.

»Wahrscheinlich reicht seine Angst vor dem Knochenherrscher völlig aus, um ihn zum Gehorsam zu zwingen«, sagte Sarwen zu ihrem Bruder. »Und ich nehme an, das wird bei vielen anderen Bewohnern dieses Reiches auch so sein.«

Schließlich erschien die Schar der riesigen Zylopier am Landungssteg. Jeder von ihnen war dreimal so groß wie ein erwachsener Elb oder Mensch. Davon abgesehen hatten die Zylopier sechs Arme, weswegen man sie auch die Vielarmigen nannte.

»Kein Wunder, dass man diese Kerle gern für Bauarbeiten anheuert«, äußerte Mik staunend. Nach einer eindringlichen Ermahnung von Koy verzichtete er darauf, seinen Dunkelseher auch am Abend zu tragen. Schließlich wollte man keine unnötige Aufmerksamkeit erregen.

»Soweit ich weiß, sind die Riesen vollkommen friedlich und essen nicht einmal Fleisch, weil sie alles Leben für heilig erachten«, sagte Koy. »Aber vielleicht erzählt man sich das auch nur.«

Die Zylopier gingen an Bord der Schiffe, dann erst wurden Daron und Sarwen herbeigerufen. Auch für sie fanden sich schließlich noch Plätze, und zwar ganz vorne im Bug, wo es sowieso für jeden der Riesen viel zu schmal war.

Weil beide Schiffe ziemlich tief im Wasser lagen, ordnete Sssorrr noch an, dass ein paar der Blauling-Matrosen an Land bleiben sollten. »Ihr werdet es ja wohl schaffen, die Schiffe auch mit ein paar Mann weniger an Bord zu segeln!«, rief er zischend.

Und dann ging es endlich los. Die Schiffe legten ab, und ein milder Abendwind blähte die Segel.

»Was hat man dir gesagt, wann wir ankommen werden?«, sprach Daron einen Zylopier an.

Aber der schaute Daron nicht einmal an und schien auch dessen Frage nicht zur Kenntnis genommen zu haben. Dabei hätte der sechsarmige Riese Daron verstehen *müssen*, denn Zylopisch gehörte zu den Sprachen, auf die Keandir bei seinem Enkel immer besonderen Wert gelegt hatte. »Stell dir vor, an den Mauern von Burg Elbenhaven oder den Schutzwällen an den Grenzen unseres Reiches müssen die Fundamente erneuert werden«, hatte Daron seine Worte noch im Ohr. »Dann sollte sich ein König von Elbiana mit den Zylopiern unterhalten können, denn für die Ausbesserungsarbeiten wird man ihre Hilfe benötigen.«

»Glaubst du, dass die Riesen vom Knochenherrscher magisch beeinflusst sind?«, fragte Sarwen in Gedanken, die mitbekommen hatte, dass der Zylopier auf Darons Frage in keinster Weise reagierte.

»Keine Ahnung. Ich spüre nichts«, antwortete Daron, *»aber das muss nichts heißen ...«*

Die Überfahrt verlief ruhig. Bald spiegelte sich das Mondlicht im leicht gekräuselten Wasser, und in der Ferne waren die Lichter von Skara zu sehen.

Die Zylopier sprachen während der gesamten Überfahrt so gut wie kein Wort. Dafür waren die Blauling-Matrosen und die wenigen Menschen, die auf dem Schiff Dienst taten, umso redseliger. Auffällig war, dass Kapitän, Steuermann und die Offiziere Menschen waren, während der Großteil der Matrosen aus Blaulingen bestand, die dieser Tätigkeit offenbar auch noch nicht allzu lange nachgingen. Jedenfalls gab es immer wieder Streit, weil die Blaulinge die Befehle des Kapitäns nicht so verstanden, wie sie gemeint gewesen waren.

»Ich hoffe nicht, dass wir mit dieser Mannschaft mal in stürmisches Wetter geraten«, äußerte Daron in seinen Gedanken, die natürlich nur Sarwen mitbekam.

»Und das alles nur, weil keiner so richtig die Sprache des anderen gelernt hat«, meinte Sarwen.

»Aber komm jetzt nicht auf die Idee, denen als Übersetzerin helfen zu wollen!«, mahnte der Elbenjunge. *»Dann wären wir ganz schnell das Stadtgespräch in Skara.«*

»Keine Sorge«, entgegnete sie. *»Ich bin ja nicht verrückt.«*

Das Schiff erreichte schließlich den Hafen von Skara, und Daron und Sarwen gingen zusammen mit den Riesen von Bord. Die Bretter des Landungsstegs ächzten unter dem Gewicht so vieler Zylopier, und so waren die beiden Elbenkinder heilfroh, als sie schließlich wieder festen Boden unter den Füßen spürten.

»Und nun?«, fragte Sarwen. *»Hast du dir schon mal überlegt, wie es jetzt weitergehen soll?«*

»Auf jeden Fall ist Rarax hier. Spürst du ihn auch so deutlich?«

Sie nickte. *»Ja, er kann wirklich nicht weit weg sein.«*

»Wenn sich wirklich der Knochenherrscher persönlich für ihn interessiert, müssen wir ihn wahrscheinlich im Palast suchen.«

»Aber da wird man uns sicher nicht so einfach hineinspazieren lassen!«

»Abwarten. Wir haben ja schließlich unsere Magie, mit der wir uns notfalls helfen können. Und solange Dunkelheit herrscht, macht das vielleicht auch einiges leichter!«

Doch Daron und Sarwen sahen sich erst einmal etwas um. In Skara schien auch in der Nacht das Leben weiterzugehen. In den Werkstätten und Schmieden wurde gehämmert, und selbst auf dem Markt boten zu dieser Zeit vor allem Blaulinge noch ihre Waren feil. Überall hingen Laternen, deren heller Schein in manchen Straßen den Eindruck erweckte, es wäre helllichter Tag.

Aber es war kein gewöhnliches Licht, das in diesen Laternen brannte, sondern blaue Flammen, die durch Magie erzeugt wurden.

Nach dem Palast des Knochenherrschers wagten sie sich nicht zu erkundigen. Und nach Rarax und dem Juwel fragten sie nur sehr vorsichtig bei einigen der Blauling-Händler nach.

»Ja, so ein Juwel und ein gefesseltes Tier wurden hier tatsächlich angeboten. Aber die sind nicht mehr zu kaufen«, erklärte ihnen ein Händler, der dadurch auffiel, dass er helles, fast weißes Haar hatte. Ansonsten waren alle anderen Blaulinge, denen sie bisher begegnet waren, schwarzhaarig. Der Händler beugte sich über den Tisch. »Beides ist jetzt dort oben!«, raunte er, und dabei betonte er die Wörter *dort oben* auf eine ganz eigenartige Weise.

»Du meinst die Burg?«, fragte das Elbenmädchen nach.

»Ich habe schon genug gesagt«, brummte der Händler.

»So ist das eben: Manch wenigen ist es vergönnt, alles zu bekommen, wonach ihnen der Sinn gerade steht.« Der Blauling zwinkerte den beiden Elbenkindern zu. »Ich nehme an, dass dies auf uns drei leider nicht zutrifft.«

Daron und Sarwen drangen schließlich bis zur Burg des Herrschers von Skara vor, wo der Knochenherrscher offenbar residierte. Auch sie war hell erleuchtet. An den Mauern brannten Fackeln, an denen blaue Flammen loderten. Hinter den Brustwehren patrouillierten Wächter, in der Mehrheit echsenartige Whanur – soweit sich das überhaupt sagen ließ, denn sie trugen zumeist Helme mit geschlossenem Visier.

Das Burgtor stand offen. Nur ein Fallgitter war herabgelassen, und an den Seiten standen zwei Whanur mit langen Hellebarden Wache.

Über die Burgmauern hinweg ragte der Palast, das große Hauptgebäude.

Daron beeinflusste eine Möwe, die vom See her über die Stadt flog, und für einen Moment schaffte er es, mit Hilfe seiner magischen Fähigkeiten durch die Augen des Vogels zu sehen, sodass er einen besseren Überblick bekam.

Möwen waren leicht beeinflussbar. Früher hatten sich Daron und Sarwen einen Spaß daraus gemacht, die Möwen der Küste bei Elbenhaven mit den Tauben von König Keandirs Burg um die Wette fliegen zu lassen. Aber als die Einwohner von Elbenhaven sich beim König beschwerten, dass ganze Schwärme von Möwen und Tauben sich gegenseitig über den Häusern um die Wette jagten und dabei ihren Dreck auf die elbisch-reinen Straßen fallen ließen, war Schluss damit gewesen. Und inzwischen waren sie aus diesem Alter auch heraus.

Trotzdem musste Sarwen grinsen, als sie die Möwe beobachtete und begriff, dass Daron geistige Kontrolle auf sie ausübte.

»*Vielleicht sollten wir das zur Feier unserer Rückkehr nach Elbenhaven mal wiederholen*«, meinte der Elbenjunge in Gedanken.

»*Ach komm, wir sind über hundert. Da tut man so etwas nicht mehr.*«

Durch die Augen der Möwe erkannte Daron, dass das Hauptgebäude der Burg wie ein sechseckiger Turm aussah. Im Gegensatz zu allen anderen Gebäuden sowohl in der Burg als auch in der sie umgebenden Stadt war dieser Sechseckturm nicht beleuchtet. Außerdem schien es keinerlei Fenster zu geben, durch die Licht hätte dringen können. Wie ein großer dunkler Schatten stand er da, und selbst der Fackelschein, der von den anderen Gebäuden und den Mauern herüberdrang, schien von der Dunkelheit des Turms verschluckt zu werden.

Plötzlich wurde das Fallgitter hochgezogen. Zwei Whanur-Krieger verließen die Burg. Daron und Sarwen konnten ihre Unterhaltung hören.

»Futter für ein Riesenfledertier! Meine Güte, dass diese Aufgabe ausgerechnet uns treffen musste!«

»Du solltest nicht darüber fluchen. Vielleicht kontrolliert er gerade unsere Gedanken.«

»Glaube ich nicht. Der hat doch so mit diesem Juwel und dem Monstrum zu tun. Wenn ich nur wüsste, was dieses Biest denn so frisst!«

»Keine Sorge, auf dem Markt von Skara finden wir gewiss etwas.«

Die beiden Echsenmänner gingen davon und verschwanden in den Gassen der Stadt. Das Fallgitter wurde daraufhin wieder herabgelassen.

»Jetzt weiß ich, wie wir hineinkommen«, sagte Daron auf geistiger Ebene. Doch er brauchte Sarwen gar nicht zu erklären, was er vorhatte, nicht einmal in Gedanken.

Sie wusste es auch so. »Aber wir müssen wohl noch etwas abwarten.«

»Hauptsache, dieser Knochenherrscher spürt uns nicht gleich auf, wenn wir unsre magischen Kräfte einsetzen«, sagte der Elbenjunge.

In diesem Augenblick war ein markerschütterndes Brüllen zu hören, das in einen dumpfen Ton überging und schließlich verstummte. Das musste Rarax sein.

»Ich glaube, der Knochenherrscher hat im Moment ein paar andere Sorgen, als nach Spuren von magischer Kraft zu suchen«, glaubte Sarwen.

Gefangen im Turm des Knochenherrschers

Eine Gestalt in dunkler Kutte saß auf einem steinernen Thron. Die meisten Betrachter sahen ein blasses Gesicht mit einer Narbe unter dem linken Auge. Die Haut hatte eine hellblaue Farbe. Dieses Gesicht sah aus, als würde es einem uralten Blauling gehören, aber in Wahrheit war es nur ein Trugbild.

Nur die wenigen, die sich durch magische Trugbilder nicht so leicht beeinflussen ließen oder selbst über magische Kräfte verfügten, konnten die Wahrheit erkennen – nämlich dass vor ihnen ein Wesen saß, das längst tot war und nur noch aus Knochen bestand. Einzig und allein die Kräfte seiner Magie hielten den Knochenherrscher seit undenklicher Zeit am Leben. In der Rechten hielt er das leuchtende Juwel, das ihm die Gruppe von Blaulingen verkauft hatte, denen er auch noch ein Riesenfledertier verdankte. Der Knochenherrscher spürte die magische Kraft, die in dem Juwel steckte und die ihm helfen würde, noch länger auf seinem Thron zu bleiben.

»Ah!«, seufzte er wohlig und hielt das Juwel empor.

Das Leuchten wurde schwächer, weil er etwas von den Kräften in dem Stein heraussaugte.

Ein Lächeln glitt über das Trugbild seines Gesichts. Dann blickte er zu dem Riesenfledertier hinüber, das mit starken Seilen gefesselt war, die zugleich durch in den Boden eingelassene Eisenringe gezogen und festgezurrt waren, sodass sich das Wesen nicht von der Stelle rühren konnte.

»Wir sollten es mit Ketten festschmieden!«, schlug einer der Whanur vor, die als Wächter im Thronsaal des Herrschers ihren Dienst taten. »Bevor sich dieses Ungeheuer doch noch losreißt!«

Der Knochenherrscher erhob sich. »Das wird nicht nötig sein«, meinte er. »Denn schon in Kürze wird mir dieses Wesen treu dienen, so wie es einst Xaror, dem Herrn des Bösen, gedient hat!«

Als wollte das Riesenfledertier gegen diese Worte protestieren, brüllte es laut los und versuchte ein weiteres Mal, die Fesseln zu sprengen.

»Ganz ruhig«, murmelte der Knochenherrscher. »Ganz ruhig ... Bald schon werde ich auf deinem Rücken über mein Reich fliegen.« Er kicherte, und für einen Moment vergaß er sogar das Trugbild seines bläulichen Gesichts aufrechtzuerhalten, sodass darunter der Totenschädel hindurchschimmerte.

Daron und Sarwen gingen zum Burgtor. Ihre Augen waren schwarz wie die Nacht, aber davon konnten die Wächter nichts sehen. Für sie waren die beiden die Whanur-Soldaten vor dem Fallgitter, die der Herrscher ausgeschickt hatte, um etwas zum Fressen für das gefangene Riesenfledertier zu besorgen. In der Speisekammer des Knochenherrschers gab es nämlich nicht einmal Ratten. Sie diente seit langer Zeit nur noch als Abstellkammer, denn der Herrscher ernährte sich schon seit vielen Jahren ausschließlich von magischer Kraft. Wann immer er Gegenstände finden konnte, die auch nur ein bisschen davon enthielten, sorgte er dafür, dass man sie in seinen Turm brachte – so wie es mit dem Juwel der Kleinlinge geschehen war.

»Na, da wird sich das niedliche Tierchen aber freuen!«, sagte einer der Wächter, denn er glaubte nicht nur, dass die beiden Elbenkinder Whanur-Krieger waren, sondern auch, dass sie voll beladen mit frischem Fisch zurückkehrten.

Das Fallgitter wurde hochgezogen, und die Elbenkinder traten darunter hindurch.

»Danke«, sagte Daron und flüsterte noch eine kurze Beschwörungsformel, um die Wirkung der Elbenmagie etwas zu stärken.

»Keine Ursache«, kam es von den Wächtern zurück. »Hauptsache, das Biest mag die Körbe voll Fische auch, mit denen ihr euch da abschleppt!«

»In Kürze wissen wir es«, sagte Sarwen, wobei die Wächter eine zischende Whanur-Stimme zu hören glaubten.

Daron und Sarwen gingen unbehelligt an ihnen vorbei und erreichten den Turm.

»Wo ist der Eingang?«, fragten Sarwens Gedanken.

»Jedenfalls sollten wir ihn schnell finden«, sandte Daron zurück, *»denn wenn zwei angebliche Krieger des Herrschers lange danach suchen müssen, ist das mehr als auffällig.«*

Sie wollten den Turm umrunden, da rief einer der Soldaten von der Brustwehr herab: »He, hat euch der Fischgeruch schon die Sinne betäubt? Ihr müsst in die andere Richtung!«

»Danke!«, rief Daron.

»Ich bin ja auch der Meinung, dass man den Turm besser beleuchten sollte«, meinte der Echsenmann auf dem Wehrgang. »Aber irgendwie scheint der alles Licht zu verschlucken!«

Ja, dachte Sarwen. Weil er viel Magie enthält. Dunkle Magie …

Wenig später entdeckten sie den Eingang zum Turm. Er lag in einer schattigen Nische, die so finster war, dass selbst ein Elb dort nicht die Hand vor Augen sehen konnte.

Aber rechts und links dieser Nische stand je ein Wächter, und so konnten die Elbenkinder den Eingang dennoch ausmachen.

»Ihr werdet schon erwartet«, sagte einer der Wächter,

ebenfalls ein Whanur. Er zischte einmal so durchdringend, dass es für ein Elbenohr kaum zu ertragen war, und danach öffnete sich die Tür wie von allein. Innen war es hell. An den Wänden hingen Dutzende Fackeln, die ein blaues flackerndes Licht verbreiteten.

Ein Blauling-Diener schien sie erwartet zu haben und sagte: »Folgt mir!«

Dass ließen sich Daron und Sarwen nicht zweimal sagen.

Der Blauling führte sie durch breite Gänge, an deren Wänden Steinreliefs angebracht waren. Was diese in Stein gehauenen Bilder aber darstellen sollten, war nicht mehr zu erkennen. Zu verfallen war das Gemäuer schon. Hier sah man mal etwas, das vielleicht ein Gesicht gewesen war, dort etwas, das ein Schwert oder ein Speer gewesen sein mochte. Aber genau ließ sich das nicht mehr sagen.

Schließlich erreichte der Diener zusammen mit den beiden Elbenkindern das Tor zum Thronsaal. Die beiden Wächter, die links und rechts davon postiert waren, betrachteten Daron und Sarwen stirnrunzelnd.

»Ich hoffe, der Zauber wirkt noch ausreichend«, vernahm Daron den Gedanken seiner Schwester.

»Nur nicht nervös werden. Sonst blitzt noch etwas von unseren wahren Gesichtern durch die Trugbilder«, gab Daron zurück und konzentrierte sich sogleich wieder völlig auf seine Magie.

»Hinein mit ihnen!«, knurrte einer der Wächter. Das Tor wurde geöffnet, und sie betraten den Thronsaal.

Rarax brüllte auf. Er erkannte sofort, wen er da vor sich hatte. Daraufhin war er kaum zu bändigen und versuchte ein weiteres Mal, seine Fesseln zu zerreißen. Wie ein verschnürtes Bündel lag er auf dem kalten Steinboden des Thronsaals und rutschte hin und her. Die Wächter sahen das nicht gern. Vielleicht stellten sie sich vor, was geschehen würde, wenn es dem Monstrum wider Erwarten doch gelang, sich loszureißen, und es sich dann voller Wut auf sie stürzte.

»Pass auf, Daron!«, empfing der Elbenjunge die Gedanken seiner Schwester.

Der zweite Blick der beiden Elbenkinder galt dem Knochenherrscher, in dessen Hand sich das kaum noch leuchtende Juwel der Kleinlinge befand.

»Er hat fast die gesamte Kraft herausgesaugt«, erkannte Daron sofort.

»Ich hoffe nur, dass es sich erholt!«

Die Elbenkinder sahen den Knochenherrscher aufgrund ihrer magischen Begabung so, wie er war – ohne das Trugbild eines Gesichtes.

»Tötet sie!«, hallte eine Stimme durch den Thronsaal, die gleichzeitig auch in den Köpfen der Kinder zu hören war – und wahrscheinlich ebenso in denen der Wächter. *»Ihr Narren seid getäuscht worden!«*

Die Wachen an der Thronsaaltür wollten sich mit ihren Hellebarden auf die Elbenkinder stürzen. Doch diese entrissen den Whanur mit ihren magischen Fähigkeiten die Waffen, die im hohen Bogen durch die Luft flogen.

Darons und Sarwens Augen waren vollkommen von Schwärze erfüllt, und Rarax brüllte wütend auf.

Daron hob die Hände und lenkte den Flug einer der Hellebarden zur Seite ab. Ihre Axtklinge durchtrennte eines der Seile, das durch einen der Eisenringe am Boden verlief und Rarax an Ort und Stelle hielt.

Über die zweite Hellebarde hatten die Kinder allerdings keine Gewalt mehr. Die fing der Herrscher mit einem sicheren Griff seiner Knochenhand auf, während er in der anderen noch immer das Juwel hielt.

Der Herrscher schleuderte die Hellebarde sofort zurück.

Sarwen hob ihre Handflächen wie einen Schutzschirm, Blitze zuckten daraus hervor und trafen die Waffe, die nach oben abgelenkt wurde, auf die Decke des Thronsaals zu. Aber sie prallte nicht dagegen, sondern fuhr ohne Widerstand hinein und verschwand.

Sarwen starrte hinauf. *»Das ist in Wahrheit alles offen!«*, erkannte sie. *»Es ist, wie ich vermutet habe – der Turm besteht nur aus Magie! Der Rest ist in Wirklichkeit seit Langem eine Ruine!«*

Im nächsten Moment fiel die Hellebarde wieder aus der Decke, so als wäre dort nur freier Himmel.

Gleichzeitig hörte man Rarax brüllen und fauchen. Eines der Seile, die ihn am Boden hielten, war durchtrennt worden, aber zwei andere hielten ihn immer noch.

Ein Wächter hatte sein Schwert gezogen, aber Daron

riss es ihm mit seiner magischen Kraft aus der Hand. Es prallte gegen die hölzerne Tür eines Nebeneingangs zum Thronsaal und blieb dort zitternd stecken.

Mit wenigen Schritten und Sprüngen erreichte Daron das Riesenfledertier. *»Ganz ruhig! Gehorche, sonst kann ich dir nicht helfen!«*, dachte er energisch.

Er zog den Dolch, und mit wenigen entschlossenen Schnitten hatte er Rarax von seinen Fesseln befreit. Das Riesenfledertier schüttelte die durchtrennten Seile von sich und stieß einen grollenden Laut aus.

Der Knochenherrscher schleuderte einen Blitz in Sarwens Richtung. Doch das Elbenkind sah die Absicht ihres Gegners vorher und konzentrierte alle Kraft in einen magischen Abwehrschild. Erneut riss sie beide Handflächen empor und rief mit lauter, durchdringender Stimme eine Beschwörungsformel.

Der Blitz, der aus der freien Hand des Herrschers gefahren war, traf die Handflächen des Elbenmädchens und wurde zurück auf den Herrscher geworfen.

Der grelle, zuckende Strahl traf ihn in der Brust. Er taumelte einen Schritt nach hinten und fiel auf seinen Thron zurück. Das Juwel entglitt seiner Hand und leuchtete auf, denn ein Teil der magischen Kraft, die der Blitz übertragen hatte, war in das Juwel übergesprungen.

Es schlug auf den Boden und kullerte weg vom Thron und vom Knochenherrscher.

Daron hatte sich inzwischen auf den Rücken des Riesenfledertiers geschwungen und es unter seinen Willen gebracht. Rarax ließ sich das gern gefallen. Bei den Elben hatte er es auf jeden Fall besser als in diesem Gemäuer.

Er breitete die Flügel aus.

»Hierher!«, rief Daron mit seinen Gedanken Sarwen zu sich.

Doch das Elbenmädchen wusste längst, was zu tun war. Es rannte auf das Riesenfledertier zu, kletterte ebenfalls auf seinen Rücken, und im nächsten Moment hob Rarax vom Boden ab.

Mit zwei, drei kräftigen Flügelschlägen glitt er durch den großen Thronsaal, griff mit seinen Pranken nach dem Juwel und ließ sich dann von Daron nach oben lenken.

Doch dann brüllte Rarax laut auf, denn für seine Augen war dort eine undurchdringliche Decke aus Stein und kein freier Himmel.

»Na komm schon!«, sandte ihm Daron einen entschlossenen Gedanken. *»Es ist nur die Magie eines Trugbildes!«*

Inzwischen strömten weitere Wächter alarmiert in den Thronsaal. Aufgeregte Rufe mischten sich mit dem typischen Zischen der Whanur-Krieger.

Doch in diesem Moment tauchte Rarax mitsamt seinen beiden Reitern und dem Juwel durch die Decke des Thronsaals hindurch, so als wäre dort nichts.

Das Letzte, was die Elbenkinder sahen, war der auf dem Thron in sich zusammengesunkene Knochenherrscher. Er saß dort, als wäre er schon vor langer Zeit gestorben.

Und als sie schließlich aus großer Höhe auf den Turm herabblickten, wirkte er wie eine schattenhafte Ruine, von der kaum noch die Grundmauern standen, inmitten einer Burg und einer Stadt, die von bläulichen Lichtern erfüllt war.

Einer Stadt, in der bei Tag und bei Nacht gearbeitet wurde. Noch immer waren die Schmiedehämmer zu hören, und es drangen die zänkischen Stimmen der Blauling-Händler zu ihnen herauf.

Die meisten waren wohl so geschäftig, dass sie nicht einmal das Riesenfledertier am Nachthimmel bemerkten, das in Richtung des Seeufers flog und zwei Elbenkinder und ein Zauberjuwel trug.

Auf Rarax' Schwingen

Eine ganze Weile waren die Elbenkinder schon über den nächtlichen See von Skara geflogen. Am Himmel funkelten die Sterne, und der Mond sah wie ein großes Auge aus, das wohlwollend auf sie herabschaute.

»Was, glaubst du, ist jetzt mit dem Knochenherrscher?«, fragte Sarwen irgendwann. »Ist er tot?«

»Er hat in Wahrheit schon längst nicht mehr gelebt«, sagte Daron.

»Ich weiß, aber …«

»Wenn du fragen willst, ob er noch weiterhin Macht hat und in diesem Land weiterherrschen wird, dann lautet meine Antwort: Ich fürchte ja.«

»Aber auf dem Thron saß nur noch ein Toter!«, widersprach das Elbenmädchen heftig. »Und der Turm war eine Ruine!«

»Das dachte ich im ersten Moment auch. Aber ist dir nicht aufgefallen, dass die magischen Lichter in der Stadt alle noch brannten? Wenn der Knochenherrscher wirklich sein Ende gefunden hätte, wären sie dann nicht auch erloschen?«

»Darüber habe ich noch gar nicht nachgedacht, Daron.«

»Als wir ihn verließen, war er sehr geschwächt. Du hast seine eigene Kraft gegen ihn gewendet, und damit hatte er sicherlich nicht gerechnet. Aber er wird sich erholen, davon bin ich überzeugt.«

»Und die Ruine?«

»Welche Ruine, Sarwen? Nur wir beide haben sie gesehen. Für alle anderen war dort keine Ruine, sondern der Sechseck-Turm. Selbst für Rarax. Du hast ja erlebt, wie sehr ich ihn zwingen musste, damit er durch die nichtexistente Steindecke flog.«

»Dann sind wir die Einzigen, die die Wahrheit über den Knochenherrscher kennen?«, fragte Sarwen. »Die Wahrheit über seinen Turm und seine Magie?«

»Ich denke ja.«

Sie seufzte, dann sagte sie unvermittelt: »Ein Problem bleibt uns übrigens noch.«

»Welches?«, fragte Daron überrascht.

»Rarax hält das Juwel immer noch so fest, als würde sein Leben davon abhängen.«

»Na ja, er ist halt etwas eigen, wenn es um Dinge geht, von denen er glaubt, dass sie ihm gehören.«

»Ja, aber wir werden ihn noch davon überzeugen müssen, dass die Kleinlinge den Stein zurückbekommen.«

Im Morgengrauen erreichten sie die andere Seite des Sees.

Das Riesenfledertier erregte einiges an Aufsehen bei den Fischern, die zu dieser Zeit gerade ihre Netze einholten und sahen, wie das große Flugungeheuer über ihnen die Sterne verdunkelte.

Sie landeten etwas außerhalb der Dörfer, aber Koy und die beiden Kleinlinge fanden sie sofort und kamen mit dem Pferdewagen herbei.

»Nanu, da habe ich bei Nacht durch meinen Dunkelseher den Mond beobachtet, und plötzlich sehe ich einen Schatten davor«, rief Mik. »Kaum zu fassen, dass ihr es wirklich geschafft habt. Nun bewegt euer Ungetüm dazu, uns das Juwel auszuhändigen, dann können wir als Helden in unser Dorf zurückkehren, und der König wird uns mit Orden überhäufen.«

»Im Reich der Kleinlinge hat es noch niemals Orden gegeben«, sagte Koy der Halbling.

»Du hast doch erzählt, dass es so etwas in den Ländern des Südens gibt«, wandte Mik ein.

»Das ist richtig.«

»Dann sollte man es schleunigst auch bei uns einführen.«

Mok stimmte seinem Kleinling-Freund lauthals zu, aber Koy war entschieden anderer Ansicht. »Es geht nicht darum, dass wir als Helden gefeiert werden. Davon abgesehen, haben wir gar nicht so viel zum Gelingen der Mission beigetragen.«

»Na ja, ob die beiden Elben ohne uns tatsächlich noch die magische Spur dieses Riesenviechs hätten aufnehmen können, wage ich zu bezweifeln«, meinte Mok.

»Schluss damit!«, forderte Koy. »Meiner Meinung nach ist es das Beste, Daron und Sarwen fliegen sofort weiter und liefern das Juwel an Ort und Stelle ab, damit es so schnell wie möglich wieder in die Schale auf dem Mast des steinernen Versammlungshauses gelangt und das Dorf vor den Trorks sicher ist!«

»Du denkst nicht zufällig in erster Linie an deine Werkstatt?«, fragte Mik.

Koy wandte sich an die beiden Elbenkinder. »Was haltet ihr davon?«

»Ich glaube, das ist tatsächlich eine gute Idee«, sagte Daron. Zudem wusste ja niemand, wie schnell sich der Knochenherrscher von dem Kampf im Thronsaal erholen würde und vielleicht die Verfolgung der beiden Elben anordnete.

»Wir werden wahrscheinlich erst im Dorf eintreffen, wenn ihr bereits weiter in Richtung Elbenreich aufgebrochen seid, nicht wahr?«, fragte Mok.

»Anzunehmen«, sagte Sarwen.

Und Daron ergänzte: »Ihr werdet sicher verstehen, dass wir so schnell wie möglich nach Elbenhaven zurückkehren möchten.«

»Natürlich«, nickte Mik.

So verabschiedeten sie sich voneinander, und die Elbenkinder flogen auf Rarax Rücken zum Dorf der Kleinlinge, wo sich der König, die Königin und alle Bewohner sehr darüber freuten, dass das Juwel zu ihnen zurückgekehrt war.

Tatsächlich hatte man bereits damit begonnen, alles zu packen und auf Wagen zu laden, was sich irgendwie mitnehmen ließ, um rechtzeitig vor den Trorks flüchten zu können.

Es dauerte allerdings eine ganze Weile, bis Daron und Sarwen es schafften, Rarax davon zu überzeugen, das Juwel abzugeben.

»Es hat dir nur Unglück gebracht, sieh das doch endlich ein!«, bedrängte ihn Daron mit energischen Gedanken.

Und schließlich gab das Riesenfledertier nach. Es ließ das Juwel einfach auf den Boden kullern. Als der Kleinling-König es in die Hand nahm, grollte Rarax zwar laut und vernehmlich, aber er unternahm nichts dagegen.

Wenig später stiegen Daron und Sarwen auf den Rücken des Riesenfledertiers und flogen davon. Zuerst Richtung Norden. Später fanden sie den Fluss Nor wieder, der die Grenze zwischen Wilderland und Waldreich darstellte.

Rarax sträubte sich nicht länger gegen die Befehle der Elbenkinder. Er stieg in große Höhe auf und flog in Richtung ihrer Heimat.

Hin und wieder sahen sie unter den Wolken noch die Bäume des Waldreichs auftauchen, aber dann bemerkten sie schon die ersten Elbensiedlungen, die man sofort an den kunstvoll verschnörkelten Häusern erkennen konnte.

»Meinst du, wir bekommen großen Ärger mit Großvater?«, fragte Sarwen.

»Bis wir Elbenhaven erreichen, dauert es noch eine Weile«, meinte Daron. »Bis dahin können wir uns ja noch ein paar wirklich gute Ausreden einfallen lassen, um ihm klarzumachen, dass wir für all das, was geschehen ist, nun wirklich nichts können.«

Nachwort

Die Abenteuer der Elbenkinder Daron und Sarwen werden in dem Buch »Das Schwert der Elben« fortgesetzt, das ebenfalls im SchneiderBuch-Verlag erscheint.

Wen ich für meine Elben begeistern konnte, dem empfehle ich auch meine große Elben-Trilogie, bestehend aus den Romanen »Das Reich der Elben«, »Die Könige der Elben« und »Der Krieg der Elben«, die im LYX-Verlag erschienen sind. Erzählt wird die Vorgeschichte der Elbenkinder-Bände, wie König Keandir und seine Getreuen aus ihrer alten Heimat zum Zwischenland gelangten, dort das Elbenreich gründeten und es gegen Trorks, Menschen und den finsteren Xaror verteidigten. Außerdem erfährt man in diesen Romanen, was mit den Eltern von Daron und Sarwen geschah.

Zu jedem dieser drei Bücher gibt es zudem eine Hörspiel-CD-Box mit jeweils vier CDs.

Ich lade alle Leser auf meine Homepage ein unter www.AlfredBekker.de. Dort gibt es demnächst eine Extra-Seite über Elben und Elbenkinder. Außerdem kann man mir seine Meinung zu diesem und zu meinen anderen Geschichten direkt per E-Mail zukommen lassen unter der Adresse: Postmaster@AlfredBekker.de.

Alfred Bekker
Lengerich, 2008

Elbenkinder

Das magische Schwert von Elbenkönig Keandir wird gestohlen. Daron und Sarwen finden heraus, dass der böse Elbenmagier Jarandil dahintersteckt.

Um zu verhindern, dass die Kräfte der Elben immer schwächer werden, will er, dass Elben auch schwarze Magie anwenden dürfen.

Mit dem Schwert möchte Jarandil die Mächte des totgeglaubten Furchtbringers heraufbeschwören.

Daron und Sarwen versuchen alles, das Schwert des Königs wieder an sich zu bringen …

Alfred Bekker
Elbenkinder
Das Schwert der Elben

208 Seiten, Gebunden
ISBN 978-3-505-12556-0
€ 8,95 [D]